“深扎”文

XIAOWO YU DAWO

小我与大我

何弘　主编

河南大学出版社
HENAN UNIVERSITY PRESS
·郑州·

图书在版编目(CIP)数据

小我与大我/何弘主编. —郑州:河南大学出版社,2018.8

(“深扎”文丛)

ISBN 978-7-5649-3442-2

Ⅰ.①小… Ⅱ.①何… Ⅲ.①随笔—作品集—中国—当代 Ⅳ.①I267.1

中国版本图书馆 CIP 数据核字(2018)第 186582 号

项目总策划 侯若愚
责任编辑 任湘蕊
责任校对 陈 炜
封面设计 侯一言
出版发行 河南大学出版社
地址:郑州市郑东新区商务外环中华大厦 2401 号 邮编:450046
电话:0371-86059701(营销部) 网址:hupress.henu.edu.cn
排　　版 河南大学出版社设计排版部
印　　刷 河南瑞之光印刷股份有限公司
版　　次 2020 年 10 月第 1 版 **印　　次** 2020 年 10 月第 1 次印刷
开　　本 889 mm×1194 mm 1/32 **印　　张** 4.25
字　　数 96 千字 **定　　价** 22.00 元

目　　录

小我与大我

何 弘

“中原作家群”是在全国有广泛影响的一个创作群体。多年来，河南作家之所以能长期保持旺盛的创作力和影响力，其中一个重要原因就是河南作家具有关注现实的优秀传统。李佩甫的作品主要描写的是河南中部平原，他把早些年曾挂职工作过的长葛作为生活基地，隔段时间都要去走一走，近20年来从未间断。熟悉佩甫的人都知道，他作品中描写的每一个人、每一件事，实际上都有生活原型。刘震云生活在北京，大家觉得他总是在出席各种活动，忙着搞影视。实际上为了写《一句顶一万句》，他从山西到河南、河北，不止一次顺着作品描写的线路行走，体验生活。张一弓在二十世纪八十年代初，以其具有强烈现实意识和敏锐政治嗅觉的作品，在全国引起轰动，连续三年获得四项全国大奖，成为河南文学界的一面旗帜。张一弓的作品能够产生如此大的反响，是与他当时在登封农村生活的经历密不可分的。他称自己是“同时代人的秘书”，认为作家的创作虽然要表现“自我”，然而“自我”也有“小我”和“大我”之分，“大我”才能引起大家共鸣，否则读者没有理由看你的作品。表现“大我”的前提就是要深入生活、扎根人民。

我的主要工作是文学评论，很多人觉得这是一份坐在书斋里即可完成的工作，其实不然。2015 年 11 月 25 日，《文艺报》头版发表了对我的专访——《批评家也要关注现实》，在全国文学界、批评界引起了强烈的共鸣。这些年，我们的文学批评受到各个方面的诟病，原因固然有很多，但其中比较重要的，我认为一是与创作现实脱节，二是与社会现实脱节。与创作现实的脱节，缘于我们的一些批评家热衷于从理论到理论的推演，或用现成的理论去框架作品。与社会现实的脱节，缘于我们的一些批评家总是从文学内部来看问题，片面重视诸如语言、叙事、修辞、结构等文学自身的元素，对作品反映现实的广度、深度、准确度等不大关注。好的批评家应该入乎文学之内，对作品的表达是否完善有准确的判断，同时还应出乎文学之外，对作品表达的经验是否到位有准确的判断。这就要求批评家也要自觉地深入生活，对当下的时代命题有深刻的思考。

我这次"深扎"的点选在了淅川，主要是为了完成反映南水北调中线工程情况的长篇报告文学《命脉》的创作。这是一部思考水与文明的关系，反映南水北调中线工程修建、移民等相关情况的作品。丹江口水库移民涉及长达半个世纪的历史，地域涉及湖北、河南、青海等省份，而丹江口水库大坝和陶岔渠首及引水工程的修建也长达半个世纪。应该说，一个南水北调中线工程，其实是一座浮现在大海上的冰山，水面之下的体量是如此巨大，堪称二十世纪下半叶至今整个中国政治、经济、文化、社会、生态方方面面发展变化的缩影。

为了全面、准确、深入地掌握这项工程和移民的情况，自 2015 年 5 月以来，我一次次去淅川。因为工作关系，无法长时间离开工作岗位，我就利用国庆长假及其他节假日，自己开车向南一路从淅川到丹江口、襄阳、荆门、荆州、宜昌等地，寻访移民，考察工程；向北走过了河南全境，从淅川一直走到最北的移民点辉县常村镇。在此期间我重点采访了一百多位移民和工程建设者。他们中有移民到青海、湖北的；有二十世纪五十年代即参加大坝建设的，也有最后中线干渠的建设者；有二十世纪六十年代的移民老干部，也有现在的新干部，还有移民接受地的干部和群众。

在众多移民中，有一个堪称标本的人物叫何兆胜。他二十世纪六十年代移民青海，经历了种种非人的磨难后回迁淅川，又经历了一次次水逼人退的凄惨遭遇，再移民到湖北钟祥大柴湖。柴湖原是二十世纪三十年代汉江泛滥形成的沼泽，长满了芦苇，当地人打芦苇为柴，遂称柴湖。何兆胜他们移民到此处时住的房子就是用芦苇抹泥巴盖成的，晚上睡觉早上鞋子漂了起来，不时会有芦苇穿破床铺长了出来，坐在屋里要不时站起来往上拔陷进泥里的凳子腿……在这里，移民时时与当地农民产生摩擦，终于发生大规模械斗，双方都有人员伤亡。何兆胜就参加过这样的械斗，因害怕报复，又回迁淅川。这时，他的老家已被淹在水下，他们没有房屋，没有土地，就在江边打鱼为生，慢慢形成了一个由无户口、无土地、无房产的回迁移民组成的江边村。这样过了多年之后，最后当水库坝程加高到 175 米之后，江边村再次迁移。这次迁移他们去的地方最靠北，在太行山区的辉县。在移民到辉县的第二年，何兆胜的移民生活也走到了终点。他在辉县常村镇侯家坡村去世并被安葬在了那里的山坡上，只是坟墓依然保留着淅川的样式。2015 年 9 月，我到常村镇的时候，和何兆胜的乡亲进行了座谈，其中就有他的儿媳妇。那天，离何兆胜的忌日只差一天，我买了纸钱在何兆胜坟前焚化。何兆胜的坟旁新起的坟头已有一排，无一例外，每个坟墓都是淅川的样式，其中长眠的都是何兆胜的移民伙伴。当时我在心里默默祝愿：这些背井离乡的人啊，愿他们在天堂的生活不再动荡，得享安宁。

通过这次“深扎”活动，我的一些看法也在发生变化。以前总觉得移民离开故土远走他乡是一种巨大牺牲，深入了解后发现，接收移民的地方把有限的土地中最好的部分拿出来给移民，为了一个移民点，需要周围村庄、乡镇一个接一个“滚地”，最终牵涉的村庄会绵延很远。这些接收移民的地方又何尝不是做出了巨大牺牲？那些移民干部，为做好这项工作，有累死在现场的，有亲人离世都无法去看一眼的，他们何尝不是在牺牲？经历了这么多的牺牲后，南水北调中线工程终于通水了。但我们不断听到的却是各种各样质疑的声音，有从生态角度提出批评的，有从经济角度提出批评的，等等。那么，究竟应该怎样看待这项世纪工程，真的需要我们深入其中，进行深入的观察和思考，从而对这个工程的方方面面有全面准确的反映，让这种牺牲精神能对社会产生震撼和鼓舞。

这次“深扎”不只为一部作品的创作做了准备，而且让我明白，作家要想无愧于时代，创作出足以表达时代丰富复杂的经验并能对这种经验做出审美化解释的作品，必须积极深入生活、扎根人民。

命　脉

何弘　吴元成

我与南水北调

南水北调中线工程的起点在河南省淅川县一个叫陶岔的地方，丹江口水库差不多一半的水面也位于淅川县境内。吴元成的老家在淅川县盛湾镇分水岭村。分水岭村就在丹江边上，离淅川县城有五六十公里的路程。

元成生于1961年，是家中的老大。他的父亲是一位“墓生子”，也叫“过得娃”，这是南阳一带对父亲死后才出生的孩子的称呼。1938年，元成的爷爷吴文魁出大汗后喝了一瓢凉水，结果竟感染伤寒而去世。挺着大肚子的奶奶在族人的帮助下，将爷爷安葬在老家附近的南栈沟。不久，元成的父亲降生。20年后，1958年夏，元成父亲感染上了和元成爷爷当年一样的病，久卧病床，瘦骨嶙峋，眼看要不久于人世。那时，元成奶奶已改嫁到埠口街赵家，而村里人人都在忙着大炼钢铁，无人照料元成生病的父亲。奶奶听说后，跑回分水岭，找人抬着儿子到埠口街求医，将养多日后，终于康复。当年9月，丹江口水库大坝在凤凰山、黄土岭开工，身体刚复原的元成父亲随着淅川民兵五师田川团，与河南邓县六师、湖北天门县七师一起，组成右翼兵团，鏖战丹江口右岸工地，均县师、郧县师、机械化师等在左岸、坝基处施工。10 万大军住草棚毡房，吃粗茶淡饭，手持简单的工具，胸怀火热的斗志，要把孙中山、毛泽东等人倡导的南水北调的构想变成现实。

1960 年麦收时节，元成父亲和他的乡亲们亲手修的大坝围起的水库将要蓄水淹掉自己的家，大批淅川库区群众要么支边青海，要么在丹江口修大坝。老家劳力不足，元成父亲和上万民工一起被抽调到尚未被淹没的淅川县古镇李官桥一带割麦。奶奶操心儿子的婚事，趁机带着一个女孩子，从埠口街来和自己的儿子见面。这期间，因苏联撤走专家，以及大坝因赶进度出现质量问题，施工暂停，各县民工多数返乡。元成的父亲也返回分水岭，不久结了婚。第二年，有了元成。

元成说，作为家中的长子，他最早的记忆始于 1966 年。一天，父亲带着四五岁的元成过丹江，小划子走到清澈的江心时，父亲给他一枚硬币，让他扔进江里，以保平安。这是元成第一次去丹江岸边香严寺下寺附近的古镇埠口街。如今，老埠口街和香严寺下寺早已被丹江口水库淹没。当元成和父亲到达埠口古镇的时候，姑父和姑姑正在房坡上揭瓦，满脸满身灰土，他们在拆除自己的家园，要移民去往湖北。这年夏秋之间，元成的姑父彭德洲一家、1959 年到青海省德令哈支边刚刚跑回来的大伯吴占定一家、大姨夫乔松山一家、六爷吴文禄一家，还有此时已离婚的奶奶，随着数万移民大军迁到了数百公里之外的湖北荆门、沙洋、钟祥。

后来，因连年天灾人祸，加上家中不断添丁增口，淅川老家生活困难，元成先后三次前往荆门，跟随奶奶生活。元成说，他记得很清楚，第一次去的时候是腊月间。天不亮，分水岭还在沉睡中，父亲就把他叫醒，母亲帮他穿上小黑棉袄，在瑟瑟寒风中离开了分水岭。他们先步行穿过八里沟，再坐小划子，再步行，赶往张营码头买票上汽船轮渡，傍晚抵达丹江口大坝附近的河南码头，再步行到丹江口火车站，坐上前往荆门的火车。这是元成第一次出远门，也是第一次坐火车，新奇得很。第二天到达荆门后，又坐汽车，最后步行前往奶奶所在的移民点。父亲停留了一天后，把元成撇在那里，整整一年。奶奶后来告诉他，父亲去接他回淅川时，几乎认不出他了。当时他正在村后的大渠里玩水，身上泥糊糊的。

回来后不久，奶奶从湖北荆门回来探亲小住，临走，又把元成带往荆门。过了半年左右，因为要上学，父亲去把他接了回来。小时候，因为两省来回跑，元成很顽皮，不好好读书，常逃学、打架，学习成绩自然不好。本家二大是民办教师，曾用课本敲打他："脑袋瓜是砖头瓦块砌的，还用石灰灌过缝。"正好大伯回淅川，大约是因为械斗要返迁，想在当时还是邓县管辖的九重公社落户，回荆门时，顺道把他带走。大伯为了省钱，从荆门火车站下火车，不买票坐汽车，一直哄着让他步行。这次元成在那里待了将近一年。然后，父亲在送大妹子爱菊去荆门小住的时候，把他接了回来，这才开始好好上学。

元成的奶奶有先见之明。1985 年寒假，奶奶思乡情切，要正在河南大学读书的元成接她回河南。她说自己跑了一辈子了，不想死在外面。元成接到她，老人家要去北京看毛主席纪念堂。她说："毛主席活着，我没见过，我现在要去见见。"从纪念堂出来的时候，元成看到她掉泪了。除夕晚上，元成和奶奶坐火车返回河南，又转汽车回到淅川分水岭。之后几年间，奶奶身体开始变差，经常卧床不起。她指着屋后的一棵楸树说："娃子，给我看好了，我百年了，用这个给我做枋子。"枋子是南阳的方言,就是棺材。在奶奶还能跑得动的时候,自己侧歪着小脚登上门前的山坡,在最高处选了一个能安放一口棺材的石窝子,对元成父亲说:“把我埋到这儿,老娘可不想回头叫丹江水淹住了。”那时候,老人已经知道,丹江口大坝还要加高,要南水北调,还要搬迁。1994 年,漂泊了一辈子、辛劳了一辈子的奶奶撒手人寰,就安葬在她自己生前选定的墓穴里。三年后,元成的父亲因患胃癌去世,埋在同一座山的半山腰里,那是他自己生前在石缝之间开垦的一小片荒地,离元成奶奶的坟墓相距不过数百米。

元成虽然有移民的生活经历,但他本人并不是一个严格意义上的移民。元成的家在分水岭村的山坡上,房子位置较高,在搬迁高程以上,因此可以留在当地。但 1968 年秋,元成的父亲决意要把全家迁往荆门。他们把家里的粮食都卖了,家具也大多送了人。就在这个时候,奶奶的弟弟,也就是元成的舅爷,从荆门探亲回来,到家就臭骂元成的父亲:“人家蛮子都在拿铡刀砍咱河南人,你还去?!”元成的舅爷会有这样的责骂,是因为随着 1967 年、1968 年大批移民进入江汉平原,淅川移民与当地群众不断发生土地纠纷,生产生活矛盾不断升级,并在 1968 年 8 月 1 日集中爆发为血腥的械斗。在荆门十里铺公社及其周边,当地人率先袭击各个移民点,淅川移民遂与之发生大规模械斗,双方以土枪、铡刀、桑杈等为武器,血战数日,均有伤亡。械斗事件很快引起湖北、河南两省以及武汉军区和中央的重视,最终经过解放军进驻和两省及荆州、荆门干部的工作,将伤人性命者法办,移民情绪才得以平复。但事件余波不断,直接造成大批淅川移民返迁,或投亲靠友,或散居于丹江沿岸,以垦荒、打鱼为生,并逐步形成了无户口、无土地、无房产的“沿江村”。元成父亲选在这时移民，当然会遭到亲人的反对，这使他家最终还是生活在淅川。

元成从出生到当民办教师时候住的老房子，现在早已倒塌，只有四周的根基还在。元成说，他想把房子整整，退休了可以回去住。话虽如此，住在这座在丹江边的房子里，生活并不方便。也许没人会想到，住在这里最大的不便其实是用水。为保护南水北调水源地的水质，库区沿岸 3 公里范围内不能住人。元成的家离江边有 5 公里。前些年，政府曾资助村民建水窖，收集雨水储存起来供平时生活所用，否则就要往返十多公里去江里挑水，这就是丹江岸边村民的生活用水方式。不知道在家里打开水龙头就能哗哗流出丹江水的北中国城市居民看到这些心里会有何感想。

南水北调中线工程的难点在移民。从根本上说，丹江口水库淹没的不只是一些房产田舍，那是这里的人们千百年生生不息绵延生存的家园，但库区水位的不断升高将把他们从这片祖祖辈辈生活的土地上无情地连根拔起。没有移民的牺牲，就没有南水北调中线建设的成功。为了丹江口水库的建设，河南、湖北两省从二十世纪五十年代末开始到 2012 年间进行了长达半个多世纪的移民，很多资料都有描述——当然，各有不同的角度。但作为切身经历者，元成和我一起在反映这段历史的时候，觉得仅宏观描述移民的过程远远不够，我们决意要一个个走近这些移民，听听他们对自身经历的描述，听听他们的心声，并把这些内容真实地传递出来，以真实地还原一段历史。也就是说，我们做的其实是南水北调中线水源地丹江口水库半个世纪移民生活的实录、口述史。

民工师长

丹江口大坝建设开工前夕，各师师长、政委们从河南、湖北各县先期到丹江口报到。淅川县第五师师长杨富才就是其中一位。

2016年5月29日，我们在丹江口市均县镇采访大坝建设者周宏喜老人的时候，获悉了一条线索：已故第五师师长杨富才的后代大多在丹江口生活。当天下午，我们费尽周折才在丹江口市工商银行大楼下“堵住”了杨富才的二儿子杨建全。已过花甲之年的杨建全，身体硬朗，虽然身在丹江口半个世纪，言谈间，还是地道的河南话、新野话。他深情地讲述了自己的父亲和淅川民工与丹江口大坝建设的不解之缘：

> 1958年3月，俺老爹他一个人先来丹江口。大批民工来，那都到9月份了。我老爹是先期来对接的。来的时候，他是中共淅川县委委员、农工部部长。那个时候，县委没有常委，县委委员就跟常委一样。
>
> 那时候这儿还不叫丹江口市，大坝坝址附近只有沙陀营、朱家湾几个小村子。
>
> 大坝早期施工建设是按军事化编制。汉江丹江口水利枢纽工程总指挥部下设8个民工师、1个机械师，分成左翼兵团、右翼兵团，那厉害哩很！俺老爹是淅川民工师五师的师长。
>
> 1958年9月1日，丹江口水利工程指挥部在丹江口

右岸的火星庙岗上举行了隆重的丹江口水利枢纽工程开工典礼。会议由任仕舜主持，湖北省省长张体学、河南省副省长邢肇棠分别讲话，号召全体施工人员用大无畏的革命精神，向自然挑战，让高山低头，叫河水让路，征服汉江，造福人类，用三年时间完成这一伟大工程。随着张体学的一声令下，漫山遍野红旗招展，锣鼓喧天，在10万民工山呼海啸般的欢呼声中，丹江口大坝开工的第一炮在右岸的凤凰山轰然引爆。

1958年刚来的时候，俺老爹还是挺吃力的，因为他是从农村来的，对于修这个坝，没有经验。

当时，汉江丹江口工程建设总指挥部的周副总指挥，叫周发田，是个少将。修大坝时候，他下来当副总指挥。他就说："老杨，我看你也不是个内行。我给你说，你也不明白。你明天跟我一起，到那山头上坐三天看看！"

俺老爹说行。第二天一早起来，俺老爹就到总指挥部找周发田。

那个时候，挖基坑嘛，就是人挑、人上，设备少哩很。俺老爹就坐那个山头上看，看人家七师、八师，就是天门、沔阳的是咋干的。

俺老爹看了半晌，就说："周总，周司令，我走了啊！"周发田说："哎，你看出门道没？"俺老爹说："看出没看出，你看效果！"他回到师部，把淅川11个团的团长叫过来，说："我带你们去看看。"大家都没搞过这么大的工程啊，到那儿一看，俺老爹问他们："你们看出毛病来没有？"他们都不吭气儿。"我现在给你们说啊，免得耽误时间！"俺老爹那个性子急，喝水都想喝凉白开。他说："你们看看人家，修的路虽然窄，只有一尺多宽，但人家是循环路，有重挑子路，有空挑子路，一趟去，一趟回，那圆圈儿转着走，那个担子不打架，那吼吼地转圈儿跑！我们修那路，虽然有一两米宽，但那是单向的，那个担子一个就是一两米宽，两个人加起来就是三四米，你来回哐哐地磨不开脚。咱们啥也别说了，赶紧修路！也修循环路！”这是人家周司令支的高招。

移民就是移爹，迁坟就是迁爷

与其他地方不同，南阳移民搬迁、安置的指挥中枢——南阳市移民局是一个常设机构。半个多世纪的水利工程移民历程，也锻造了一支特别能战斗的队伍，南阳市移民局纪检组组长吴家宝就是其中的一个见证者，他谈了自己对移民工作的切身感受：

现在写南水北调的书不少，但是感觉不过瘾。因为这个工程、这个大移民是重大历史事件，人类学、社会学、生态学等，都能在移民搬迁中找到依据。

丹江流域和汉江流域自古以来生存条件优越，老百姓说是风水好、地气好，子孙得以繁衍，形成了自己独有的楚文化、汉文化、根文化。更因为在搬迁中人性矛盾突出，被打上了浓重的历史烙印。1958 年开始修建丹江口水库，1959 年南阳就开始组织实施支边性移民。更多人的命运因为搬迁和返迁而改变。其中，又分两个阶段：从1959年开始的支边性移民和从1961年开始的早期丹江口水库移民，到1980年基本结束，湖北、河南两省总共动迁48万人；从2009年开始的南水北调中线工程移民，到2011年基本结束，湖北、河南两省总动迁人口40多万人，均由两省在省内安置。50多年中，两省总共动迁安置移民88万人之多。

以河南淅川为例，移民搬迁可分五个大的批次：

一是从1959年到1960年，淅川青年和家属共计2.2万多人支边青海省。采取军事化管理的这批人，因为青海当地气候恶劣，劳动强度大，难以生存，多数偷跑回来或被遣返，其中病死、饿死、被狼咬死的等竟有四五千人。

二是1961年，因为丹江口水库围堰蓄水，124米高程以下搬迁2.6万人，除4000多人安置在当时的邓县外，其余均内安淅川。

三是从1966年到1968年，外迁湖北6万多人，主要安置地是湖北的荆门、钟祥两县。其间，荆门县拾回桥区十里铺公社曾发生移民与原住民之间的大规模械斗，造成双方人员伤亡。

四是从1971年到1978年，淅川县内安置近10万人，邓县接收1万多人。

五是从2009年到2011年，南水北调中线工程移民，淅川县移民16.6万人，主要安置在南阳市内和省内干渠沿线市县。其中有6.2万人为1978年前的各种老移民。

移民搬迁对于有的老移民户来说无疑是一场梦魇。有一个80多岁的老太太不愿意离开自己的家乡，她的五个儿女这次要搬迁到不同的地方，分散在大河南北的新乡、许昌、漯河几个市的多个县区。第二天就要装车走了，头天晚上她去老伴的坟上告别，碰死在老伴的墓碑上。淅川县盛湾镇姚营村的一个老头，第二天就要搬迁走了，突发脑出血去世了。这些上了年纪的人，实在是被不断的搬迁折磨坏了。

搬迁难，最难是迁坟。穷家难舍，富村更难舍，祖坟最难舍。香花镇有个村子，原本很富裕，村里盖了很多小洋楼。老百姓不愿意走啊。当时的镇党委书记徐虎，反反复复去做工作。不久他调任九重镇当书记，光渠首陶岔附近就有3000多座坟要拆迁。不论哪一家迁坟，他都和镇人大主席掂着火纸、鞭炮去祭拜，甚至跪下磕头、烧纸。

移民就是移爹，迁坟就是迁爷啊！仓房镇一个靠着丹江的村子要搬迁，天还蒙蒙亮，全村人都齐刷刷地跪倒在地，祭拜养育他们的丹江。盛湾镇毛坪村、陈营村三面临水，临走时候，人们弄个瓶子装上丹江水，弄块红布包上自家地里的土，说是带到移民新村能够治拉肚子。有的还把小树苗、韭菜根起出来，带上。

好不容易搬走了，搬到外地了，还有个融入、融合、发展的问题。

历史上淅川的几次移民，是边缘化的搬迁，搬迁到外地的一些人受到欺负，得不到尊重和理解。这次不同了，国家重视，地方重视，安置地更重视。目前全省已经有2000多位移民青年与安置地的当地人结婚，其中搬迁第一年就有500多位，而且都是当地的女青年嫁给移民男青年。据南阳市移民安置指挥部办公室不完全统计，在南阳市内安置的试点和第一批移民4.32万人中，已有396名移民与安置地村民通婚，且绝大多数是“本地姑娘嫁给移民郎”。

这在过去是不可想象的。据说，当年搬迁到湖北钟祥县大柴湖的移民，40多年间，当地人不与之通婚。那里生活条件很多年没改善。香花镇有个黄胜发，他小时候被过继给他舅舅，他们搬迁到大柴湖，后来返迁，又赶上这次移民。他曾经对我说，当时搬迁到那里，一人一间半机瓦房，墙是芦苇、岗柴、泥巴糊的，猪一拱就能进屋吃东西。床底下十天半月不用镰刀割，岗柴就拱起来，床上没法睡人。

初期移民的苦难，一直是淅川人心里的阴影。在这次搬迁中，中老年人阻力最大，相对来说，年轻人还是愿意走的。但搬迁到新家园后，还是存在这样那样的问题，“孤岛效应”仍然横亘在移民工作中，需要破除。

是与非

中国传统的文化观念主要有两种：一种是儒家的，主张以积极有为的态度面对自然和社会，使一切都进入人为设定的有序轨道；一种是道家的，主张顺应自然，认为服从自然规律就会有良好的秩序。这两种观念反映在中国社会的各个方面，甚至在儒家、道家学说形成之前，这两种观念其实早已存在。比如鲧以堵为主和大禹以疏为主的治水理念，其实就是两种观念的体现。

中国儒、道两种观念在今天关于水文明方面的反映，就是秉持儒家观念的人主张以积极的姿态改变自然，通过各种水利工程，变害为利，使水资源得到有效管理；秉持道家观念的人主张顺应自然，不要盲目修建大型水利设施，使自然生态以大自然内在的规律运行。

因此，当三门峡工程建成时，我们听到了很多赞美，也逐渐听到了很多批评；三峡工程竣工后，赞美者有之，批评的更是大有人在；南水北调中线工程通水后，喝到甘甜丹江水的数千万人内心自然由衷高兴，但批评的声音也是一浪高过一浪，其中甚至就包括很多在北方喝着丹江水的人。

我觉得，有不同的观念存在，能听到不同的声音，绝对是一件好事，可以让决策者从不同的方面考虑问题，完全有利无弊的事是没有的，重要的是，要各方面的利弊得到有效的平衡。

南水北调的直接目的是解决我国北方资源性缺水的问题，其重要意义在于形成“三纵四横”的中华大水网，实现水资源的南北互济和东西调配，因而是优化水资源配置、促进区域协调发展的基础性工程、战略性工程，对中华民族长远发展意义深远。在南水北调中线工程通水的时候，习近平总书记指示，南水北调工程功在当代，利在千秋。希望继续坚持先节水后调水、先治污后通水、先环保后用水的原则，加强运行管理，深化水质保护，强抓节约用水，保障移民发展，做好后续工程筹划，使之不断造福民族、造福人民。

南水北调，负面影响不能说不存在，但从全局和长远考虑，肯定是一项利大于弊的世纪工程，体现出了中国人民的胸襟、气魄和意志、能力。南水北调从移民搬迁到工程建设的整个过程，形成了具有丰富内涵的南水北调精神，简单说就是牺牲精神、奉献精神、担当精神、拼搏精神、创新精神和协作精神。南水北调精神也是一笔宝贵的精神财富，将在中华民族实现伟大复兴中国梦的征程中，发挥积极的作用。

脊　梁

萍　子

任耐梅女士是我在“深入生活、扎根人民”主题实践活动中结识的一位受人尊敬的老人。当地人习惯称她“任老师”。

第一次与任老师见面是在麦收时节，所以近两年每到麦子黄时就格外惦念她，会专门抽时间去看望老人家。

每次见到任老师，听她侃侃而谈，我都会全然忘记她是一位年近八旬、行动不便的老者，总感觉眼前坐着的是一位勇气十足、精力充沛的战士。而我，不仅是出于敬重来看她，更是出于内心的需要到这里来汲取力量——她总是能鼓舞起我的热情和梦想！在任老师身上，我依稀看到玄奘法师孜孜以求、百折不回的精神投影。事实上，任耐梅老师从高级工程师岗位退休之后，毅然抛下上海舒适的家，回到故乡河南偃师，蛰居乡野，用20多年时间，历尽辛苦，倾尽心力，在一片荒地上一砖一瓦建起一处弘扬玄奘文化的家园，正是因为这里是玄奘故里，正是因为玄奘精神的感召。

历史上著名的唐代高僧玄奘法师，是河南偃师人。家喻户晓、妇孺皆知的《西游记》，就是以玄奘法师西行求法的故事为蓝本创作的，只不过小说中演绎的神话和真实的玄奘取经故事相去甚远。而当今各种影视剧对《西游记》的戏说和恶搞，更是与历史事实大相径庭。

真实的玄奘法师，为求真经，舍生忘死，西行五万里，历经艰辛到达印度，前后 17 年，遍学当时的大小乘各种学说，名震天竺，却谢绝国王的一再挽留，执意东归，带回经论 657 部，并在回国后的 19 年中，率领弟子翻译了《大般若经》《心经》《瑜伽师地论》等佛教经典 75 部 1335 卷；还写下了 12 卷的《大唐西域记》，记述他西游亲身经历的 110 个国家及传闻的 28 个国家的山川、地邑、物产、习俗等，成为研究中古时期中亚、南亚诸国的历史、地理、宗教、文化和中西交通的珍贵资料，也是研究佛教史学、佛教遗迹的重要文献，更在重建印度历史方面有着不可磨灭的功绩，对世界文化的发展产生了深远影响。其强烈的爱国精神和巨大贡献，被鲁迅誉为“中华民族的脊梁”，梁启超称赞他是“千古一人”。

我选择偃师作为“深入生活、扎根人民”的地点之一，也是因为这里曾留下玄奘法师的足迹，我希望能更贴近历史的脉搏，更贴近这片土地和人民。

玄奘故里位于缑氏镇陈河村，有玄奘故居、陈家花园、凤凰台等景点。玄奘寺又名唐僧寺，位于缑氏镇唐僧寺村 207 国道旁。它始建于北魏，原名灵岩寺。隋大业年间(605－618 年)，幼年的玄奘曾多次到该寺聆听佛法，玄奘西行取经回国后曾回寺看望僧众。为了弘扬他坚毅卓绝的精神，改寺名为“兴善寺”。唐太宗曾赐地 40 顷敕令重修。武周圣历二年(699 年)武则天自神都洛阳出发，登封中岳，路过该寺，也曾赐金重修，并赐地百顷。后人为表示对玄奘法师的怀念，又改名为“唐僧寺”。1996 年，中国佛教协会会长赵朴初老居士拜谒唐僧寺，提议更名为“玄奘寺”，并亲题“玄奘寺”匾额。

那次深入生活途中路过玄奘寺，拜访寺院住持印观尼师了解有关情况。法师见我对玄奘事迹感兴趣，便说："你应该去见一见任老师，她了解得多。"请法师指路，她说得十分简捷：沿公路往南走二三里，到府店镇再问滑城河，说找任老师，就能找到。

到了府店镇，停车向一位年轻人打听。"找任老师？她在滑城河。一直往前开，走不动了往左拐，下个陡坡，再左拐，顺着村子走就找到任老师了。"任老师果然名不虚传！

热闹的集镇外是庄稼地，6月初正是麦收时节，田野一片金黄，悦人眼目，散发着好闻的气息。

公路变成了田间土路，也没了路标，我们再次问路。"滑城河，前面就是，找任老师的吧？一直走，车子走不动时就到了。"

村子尽头是个土坡，下了坡果然没有路了，一座古老的城门矗立眼前，这时才明白我们是顺着一道高大的古城墙而来。城门不大，古朴沧桑，砖上雕着"古滑城"三字。仔细看，落款处写着"立于道光十七年三月"，距今已180多年了。

后来才知道，这里是春秋滑国故城遗址。1962年，中国科学院考古研究所洛阳发掘队对滑国故城遗址进行了初步调查和发掘，城垣屈曲呈弧形，南北长约2000米，东西宽约1000米，有仰韶文化、龙山文化、商周、西汉及唐代遗物。1963年6月，滑国故城成为河南省第一批重点文物保护单位。2006年，它被国务院确定为第六批全国重点文物保护单位。根据当地传说，这里应是玄奘故里，亦有专家、学者考证、撰文认可此说。

小小的城门外是一个幽静的所在。前方横着一带绿树阴阴的林子，午饭后去看，方知是河岸及河道长满了树木，不见水流，河叫滑城河。左边是一片狭长的尚未收割的麦田，麦田左边有一道高高的土崖，崖上仍是麦田，因为向阳成熟得早，已经收割；右边是一个大门虚掩的院落，静静地依偎在城墙下。轻叩门环，来开门的是一位老太太，她喊了声“客来了”，应声出来一位戴眼镜的老先生，微笑着说：“任老师在屋里等着你们，我领你们去。”

任老师坐在一把旧椅子上，和善地笑着招呼我们落座。除了她坐的那把椅子，窑洞里只有一只小板凳，同伴坐凳子，我坐在床上。任老师花白的头发有点凌乱，穿着洗得发白的蓝布衫和老式布鞋，俨然是二十世纪七十年代的农村妇女打扮，但一副近视眼镜和一口标准的普通话，文雅的谈吐，不凡的气质，又让她显得很是与众不同。

环顾这个不足十平方米的窑洞，窑壁是石灰粉刷的，一门一窗朝西，床靠东边放着，床上是叠得整齐的棉被和打补丁的绿军毯；靠北墙立着两个书柜，里面满是书和资料；窗户下一张书桌，任老师就坐在桌前，书桌边靠南墙还有个小书架，也放满了书；再就是一台很旧的窗式空调和一部电话机。任老师就在这里住宿和工作。问及年岁，任老师说自己70多岁了，自退休后从上海来到这里，已经20多年，又介绍说刚才带我们进来的老先生是她的老伴，于老师。“他去干活儿了。我现在干不了多少活儿了，他干。”她说自己因为长期住潮湿阴凉的窑洞，患上了严重的风湿病，双腿几乎不能走路，这两年老伴只得从上海来这里照顾她。后来我对于老师提及此事，感佩于他的辛苦操劳和对任老师的理解，老先生只是笑着说：“她走不成路了，我只能来照顾她。”淡淡的言语之中，是深沉的爱和稳稳的担当，令人感动不已。据任老师说，在老伴来滑城河之前,她每年只有春节才回上海一趟:“要拿钱啊!我在这里修窑洞、盖房子、保护‘古滑城’城墙,哪一样都要花钱,用的都是我和老伴的工资。我从来不管钱,平时都是老伴拿着,我需要了就回去取。”我想,任老师能够在退休之后抛家舍业回到故乡,在一片废墟一片空白上建起这个弘扬玄奘文化的家园,造福一方百姓,守望一种精神,除了她个人的忘我投入,老伴的理解和支持也很重要啊!我不禁对两位老人肃然起敬。

任老师不愿过多地谈论自己,在我们好奇的追问下,才介绍说自己的老家就在离此不远的一个村子,父亲是当年豫西地区早期的共产党员,后来去了延安。任老师1939年出生,小时候随父母在延安生活,1959年参军,后来在上海一家科研机构任高级工程师。老伴当年也是军人,退休前是某军工科研单位的党委书记。他们完全可以在大都市安度晚年,享天伦之乐,任老师当年却为何只身一人跑到这个偏僻小村吃苦受累,而且一住就是20多年?任老师说:“我回来也是一种缘分。在上海工作的时候,我看了一本书叫《千古名僧玄奘》,很受感动,也很受触动。我想,那么多人知道《西游记》,知道孙悟空,可玄奘的一生,那么伟大,为国家做了那么大的贡献,真正知道的又有几个人呢?”这在她心里埋下了一颗种子。

偃师是玄奘故里,也是任耐梅的家乡。1993年,她回老家安葬了母亲之后,便做出了一个决定:“不走了!我要留在这里,让更多的人了解玄奘。”她觉得这是自己的使命。于是,20多年前的那个冬天,她从繁华的上海来到了这个贫穷的小村庄。热心的村民请她到家里去住,她却决心自己动手建一个弘扬玄奘文化的场所。当时,“古滑城”遗址旁荒草一片,只有几孔破败的窑洞。任耐梅就在残破的窑洞住了下来,没有门,就挂块塑料布当门。她一点点平整土地,一点点在院里种上庄稼、蔬菜、花草树木,又请村民和工匠帮忙,修窑洞,盖房子。我们现在看到的这个院落,背靠古城墙,面朝滑城河,草木葱茏,鲜花盛开,城墙下一排整齐的窑洞可供学员学习、住宿。其中一座窑洞门口写着"玄奘家祠"几个字,里面有玄奘及其父母的塑像。一座两层楼里展出的是玄奘生平事迹。还有厨房、食堂和一个能容纳百人听课的教室。任老师平时在这里给十里八村的乡亲和孩子们讲传统文化,讲《孝经》《弟子规》,讲健康知识,并且帮助那些孤苦的农村老人……她的不懈努力对当地乡风民俗和村民精神生活的改善与提高起到了很大的作用,她也成为当地有口皆碑、受人尊敬的名人。任老师不遗余力地收集、整理关于玄奘的资料,为弘扬玄奘文化奔走呼吁。她无私奉献、坚韧不拔的精神令人感动,也感染了许多人。

上海无为寺的玄洪法师谈到任老师时十分感慨:"70多岁的老人,置个人健康于度外,这种艰苦担当的精神真让我感动不已。如今,她的一只手因患严重的关节炎几乎无法用力,仅存一只手提拿东西。尽管如此,她还是没有依照医生的嘱咐入院疗养,依然坚持回到河南,身先士卒,带头参加建设劳动。她怕一旦入院,就再也无法为玄奘祠的建设奔走出力了。她一直在跟时间拼命!看着老人家花白的头发,我心疼……他们夫妻俩累得一身是病,虽然病苦缠身却不离不弃,相互扶持着。我心里明白,他们承受了太多不为人知的痛苦与艰辛。确实,这世间有太多的冷漠与颠倒,但这一切都不足以熄灭她的决心。她的笑容依然是那样清净与天真,仿佛在我眼前的不是年逾七旬的老人，而是一个稚气未脱的孩子。那颗美好的心，始终是这般年轻。”

的确，任老师虽然因长年操劳身患疾病，但她的精神十分健旺，思路非常清晰，一说起玄奘法师的事迹，便滔滔不绝，引经据典，如数家珍。每当此时，她的脸上便洋溢着幸福而动人的光彩，她穿了20多年的旧工作服，也变得分外好看。她爽朗地说：“我在院里种了麦子，种了菜，吃东西不用买。平时，我在自己身上基本不花钱，所有的钱都花在这里了。”

于老师来叫我们吃午饭。任老师慢慢起身挪到轮椅上，老伴用轮椅推着她去餐厅。午饭是一位义务帮忙的村民做的。这天中午我们五个人用餐。一盘炒茄子，一盘炒青菜，一小盘盐渍核桃仁，一盘小麻花。任老师说，茄子、青菜是自己种的，核桃是院里树上结的，小麻花是前些天来人送的。另外还有几个馏过的馍，一锅小米汤。菜清淡少油，我喜欢，但没舍得多吃，这一切多么来之不易啊！

饭后回到窑洞，任老师继续给我们讲玄奘，讲玄奘创立的法相唯识学，讲玄奘翻译的《瑜伽师地论》，又从经典物理学天空的“两朵乌云”讲到了量子物理学的产生，还有当代英国物理学家霍金的多维空间……同来的朋友忍不住夏日午间的困倦，去隔壁窑洞休息了，我极力撑着沉重的眼皮聆听，心里不禁佩服任老师精力旺盛。突然想起唐太宗在《圣教序》中这样写玄奘法师：“乘危远迈，杖策孤征。积雪晨飞，途间失地；惊砂夕起，空外迷天。万里山川，拨烟霞而进影；百重寒暑，蹑霜雨而前踪……”我的眼前浮现出这样的情景：黄沙漫漫，大漠寂寂，一个坚毅的身影正奋然前行。在其身后，一个身影跟了上来，又一个身影跟了上来……在震古烁今的丝绸之路上，在漫漫的历史征途中，玄奘法师的身影像一炬灯盏，引领着一代又一代求索者奋力前行，鼓舞着一个又一个任耐梅风雨兼程。

我的困意一扫而光。这天下午，我们谈了很多很多……

再去看任老师时，她的左臂用围巾吊在胸前。我惊讶地问她怎么了，任老师笑笑说："这只胳膊里边空了，不能用了。"她拍拍胳膊，那样瘦弱，让人担心会不会把胳膊拍坏。但从言谈之中，从园子的建设情况看，两位老人一天也没有闲着，他们一点儿也没有气馁。

又去滑城河时，发现任老师的胳膊好了。她说，前些时候发生了一件大事，她突然丧失了记忆力，什么也想不起来了！"我反复告诫自己，镇静，镇静，没事，会好的！后来，记忆力又恢复了。"我由衷地为她高兴。

年近八旬的任老师每天仍在忙碌着，她早已放下自我，所以很少羁绊，很少挂碍。她勤奋而充满热情，像窑洞口盛开的月季丛中忙碌的蜜蜂。她的老伴于老师似乎永远穿着那件有无数破洞的旧汗衫，那是劳动和汗水的印记，他们或许会铭记，或许会忘记，像正午阳光下开得灿烂的蜀葵花，通体透明，了无心事。

我想，时间或疾病等，对于这样的老人，也会心生敬意而退避三舍吧！

告别任老师夫妇，在"古滑城"城门驻足良久，想起任老师说过，她刚来时城墙颓败，露着土坯，如果车辆经过时不小心碰着，城墙便可能会轰然倒塌。为了保护"古滑城"遗址，她劝阻来往的大车不要从这里过，并放出狠话："要想从这里过，除非从我身上碾过去！"这样，才没有大车从这里经过了。后来，她从院子里挖出石头，找人加固城墙，又在上面栽植迎春花。

如今，迎春花藤密密实实，一片浓绿，衬得古老的城门有了生机。面对此情此景，我不禁感叹：无数个像任老师这样普普通通、默默无闻、担当大义的人，不也正是民族的脊梁吗？

从泥土里汲取文艺营养

甘桂芬

城老，故事就多。开封就是这样的地方。“深入生活、扎根人民”期间，我最大的收获是不再有题材枯竭的危机。

在开封城乡一体化示范区，我听说了一名基层公务员的故事。他叫王振立，见天乐呵呵的，口头禅是“那都不是事儿”。他貌不惊人，身高不足一米七，体重只一百挂零。他的身体像上了发条，工作起来黑夜连着白天。他精力充沛，像小钢炮，个头不高火力强，人送外号“救火队长”。

房屋征收工作号称“天下第一难”，可在他眼里，只要下功夫，没有解决不了的难题。这里举几个例子。2012 年，省重点项目开封黑岗口调蓄水库（开封西湖）工程因房屋征收问题停滞不前，他被指派为野厂村征收工作负责人。他每天挨家挨户串门拉家常，了解情况，在笔记本上密密麻麻记满了对每个被征收户的工作方法。村里有个小卖铺，老板因为生意好，不愿意搬迁。他就天天到小卖部买水买烟，跟老板称兄道弟聊天，熟悉了以后，帮他谋划如何利用搬迁补偿费谋求长远发展，老板被他说服了，爽快答应搬走。

开封市重点工程中意湖项目涉及三个村，205 户，800 口村民，41 处坟地，近 200 个坟头，情况琐碎复杂，他当时在新城办事处任党工委书记，带着办事处的同事，只用了 28 天时间，就实现了全面开工。为减少群众损失，他经常领着办事处同事和村组干部，帮群众收庄稼。有一天在农田边儿，有人问他："王书记，你的鞋咋张嘴儿了？"他低头一看，咧嘴直乐："我说这两天走路咋怪不得劲哩！"

他很擅长做群众工作，能换位思考，能说到群众心里。夷山大街位于开封西区，是条断头路，一到出行高峰时段，堵得死死的，严重影响通行，群众意见很大。要打通这条路，得穿过土城村。土城是典型的城中村，房屋密度高，私搭乱建严重，街道狭窄拥挤。这里邻近两所高校，流动人口多，非常热闹，人称"小香港"。土城村民靠出租房屋和做小生意，年收入少则几十万元，多则上百万元，很多村民不愿搬迁。一户村民搬迁，家里老母亲舍不得旧宅子，死活不走，使性子爬上了房顶，谁劝都不听。在场的人都吓坏了。他赶到现场，悄悄爬上房顶，坐在老太太旁边："老娘，我不劝你，也不逼你。俺家是马头村哩，姓王，离咱土城不远。听说您娘家是郭庄哩，俺小时候也在郭庄上的学，怪不得一见您就觉得亲哩。俺刚才看您掉泪，把俺这一肚子苦水儿都勾出来啦。俺心里难受啊，想想这几年，过的这叫啥日子？俺也不想活啦，俺得陪着您一块跳。"老太太说："唷，可不中，孩儿，俺一把老骨头啦，你可还年轻着哩。遇着啥不顺心的，得想开点儿。"就这样，老太太被他搀着下了楼。

2016年6月3日，《开封日报》头版刊登了市委市政府对他所在指挥部的嘉奖令，可他再也看不到了。2016年6月4日一大早，自发聚集起来的一千多名干部群众默默赶往开封市殡仪馆，送他最后一程。灵车行进的途中，从小北岗、黄河大街、东京大道到曹门大街、禹王台公园门口，站满了手拉挽幛的追思者。灵车远去，人们深深鞠躬，向他致礼。

他说："你把群众当成亲生父母，当成兄弟姐妹，把群众的事当成自家的事，群众也会把你当成自家人。"野厂村的张彦民，原来是个老上访户，她一提起王书记就说："那可是个大好人，没有一点官架儿。不瞒恁，俺以前好去找这个找那个，旁人都躲着俺。王书记从来不躲，他不嫌弃俺，不叫姐不说话，遇到饭点，又是端饭又是拿筷子。他说：'老姐，别着急，你家的事儿就是我家的事儿。'"心里没了怨气，张彦民再不上访了。

他的电话是辖区群众的求助热线，不管谁有困难找他，他总是全力以赴。斗门村杨留成腿有残疾，住院花光了家底，听说能申请救助，不知道咋办手续。他给王振立打了个电话，很快，救助款就送到了他手里。

他把群众的事办得又好又快，自家的事却办得不"顺当"。他从小在开封市水稻乡马头村长大，这几年他当了"官"，亲戚们觉得他有权，想在他分管的项目区里接点小活儿赚点小钱。但他向来只有一句话："只要我管着这一摊儿，你们就得避嫌，啥好处也别想沾。"亲戚们抱怨他对自家人太严苛，但他坚信权力绝不能用来谋私。2007 年 7 月，开封对黏土砖窑厂集中拆除整治，他二哥的砖窑也在被整治之列，他三番五次到二哥家做工作。道理是讲明白了，可每烧一天砖就有不小的进项，二哥舍不下。拆窑那天，他亲自带着挖掘机来到现场。二哥嚷道："就你算个干部？你咋把当官看哩恁重？一家老小全靠这吃饭，窑里还有一窑砖，就不能等烧完再拆？"他说："哥，不能等！别的窑主都看着咱家呢。"他亲自坐在挖掘机上，第一个推倒了二哥家的砖窑。他并非对家人无情，拆窑过后不久是中秋节，他请一家人吃饭，给二哥敬酒。二哥说："你干的是公家事，哥理解你，不会再拖你后腿。"

他和爱人娄继香从小学、初中到师范都是同学，知根知底，贴心贴肝。他每天下班都晚，2016 年 6 月 1 日那天也一样。晚上 11 点多，他才到家。他一进门娄继香就感觉不对劲，他精神蔫蔫的，捂着心口坐在沙发上一声不吭，问他咋了，他摇摇头，说没事。娄继香给他端来一盆洗脚水，让他洗洗赶紧睡，却发现他脸色蜡黄，赶紧转身去拿药。谁知，药还没送到，就听身后扑通一声响，再回头，他已经倒在地上。娄继香吓蒙了，赶紧打 120，可是，已经晚了……

在娄继香眼里，他在外边不管多能干，回到家永远是个能说会道的大男孩儿。娄继香无怨无悔，愿意照顾他体贴他，替他奉养老人培养孩子。

2004 年母亲得了脑血栓，他把老人接到家照顾。平常回家晚，要是老人还没睡着，他就到房间里说一声："娘，我回来了。"要是老人睡着了，他就给娘掖掖被角。若是哪天回家早，赶上老人没上床休息，他必定会接盆热水，拿上毛巾，给娘洗脚修脚。娘心疼他累，他说："小时候您照顾我，现在您老了，该我伺候您。"

王家兄弟多，是个大家庭。娄继香说，他最快乐的时候就是闲下来时，把家族里的小孩儿都叫过来，闹腾闹腾，一帮孩子骑在他背上，他最愿意陪孩子们玩。在孙子孙女面前，他永远是和蔼可亲的四爷爷。每逢家庭聚会，孩子们都喜欢找四爷爷，他们把生日蛋糕抹在四爷爷脸上，争着和他挤在一块儿合影。四爷爷乐得当他们的大朋友，一会儿玩老鹰捉小鸡，一会儿打扑克接竹竿。孩子们有心事，也愿意向四爷爷倾诉。

前几天，小孙女还缠着大人们问："四爷爷去哪儿了？四爷爷咋还不回来？"

他嘴甜，给娄继香开了无数张空头支票："我现在忙，过几年，等我退休了，我就带着你旅游、跳舞、练书法，你喜欢干啥就干啥，好好补偿补偿你！到80岁，咱俩金婚，可得好好庆祝庆祝！"他有说不完的甜言蜜语……

他的追悼会在开封市殡仪馆举行。前来送别的人太多太多，告别厅显得太小了。人们一个挨着一个，从大厅里排到大厅外，从廊檐下排到院子里。市领导亲致悼词，同事沉痛追忆。当他的独生女儿"咚"的一声，头重重磕在地上，迟迟不肯抬起时，许多人忍不住呜咽起来。可怜的孩子！这世间，再没有那个疼她爱她把她捧在手心里的父亲了。

很多朋友都羡慕他养了个乖女儿，聪明懂事，肯上进。在王振立生前的日记里，记录着太多他对女儿的祝福和期许。女儿说："这几年，爸爸欠了我许多未兑现的承诺。上一个假期，我都快开学了，爸还没顾上好好陪我说说话。晚上他回家我已经睡了，早上我还没醒爸又走了，我俩总是见不到面。我问妈，爸是不是不喜欢我了？"他听了妻子的转述，呵呵直乐："我就这么个乖妞妞，恨不能把她当宝贝天天装兜里，咋能不喜欢？忙过这一段，我天天陪俺闺女！"

他曾答应孩子，要参加她在武汉大学的本科毕业典礼，可由于工作忙，没去成。女儿报考中国传媒大学的研究生，他又许诺，等考取了，陪孩子去报到。王振立五七那天，女儿收到了录取通知书，她把通知书供在父亲遗像前。

2016年10月12日，中共河南省委追授王振立同志"全省优秀共产党员"称号，并开展向王振立同志学习活动。11月

25日上午，王振立同志先进事迹报告会在省会郑州举行。报告会前，河南省委常委、宣传部长赵素萍同志代表河南省委、省政府接见了报告团全体成员。赵素萍高度评价王振立同志的先进事迹和崇高精神。她强调："王振立同志用实际行动诠释了一名党员干部应有的价值追求和使命担当，是我省'两学一做'学习教育中涌现出的先进典型，是学习弘扬焦裕禄精神的优秀楷模，是全省广大党员干部学习的榜样。"

我以这位焦裕禄式共产党员为原型，创作了广播剧《旧草帽》，以他平时戴的旧草帽作为叙事主体，采用拟人手法，联结情节，转接时空，以旧草帽对主人的感情为主线，展示王振立的典型形象和精神追求。

开头是这样写的："我是一顶旧草帽，挂在王振立办公室的墙上。有人奇怪了，这年头的公务员，还有戴草帽的？我的主人王振立，身兼数职，是开封市城乡一体化示范区管委会副主任、新城办事处党工委书记、区邮电局局长、夷山大街北延工程常务副指挥长。他爱唱爱笑不怕难，永远一副乐呵呵的样子。自称个小腿短跑得快，口头禅是'那都不是事儿'。人送外号'救火队长''小钢炮'。我已经跟了他好几年。当时在开封西湖建设现场，大热的天儿，王振立个头小、身体瘦、头发少，天天在太阳底下晒着，头顶上黑一块儿白一块儿，活像得了牛皮癣。同事建议他买顶草帽，从此，我就跟上了他，和他朝夕相处。晴天遮阳，阴天挡雨，和群众拉家常时垫在地上当板凳。陪着他去工地，去收秋，去千门万户，处理千头万绪的麻烦事儿。"

这部广播剧获得了河南省第十一届精神文明建设"五个一工程"奖。

一个留守教师的履历

安　庆

一

那个夜晚，我沿着山路，独自走向那一所孤立的学校。山是静的，山腰上的小学被大山围抱着，植物在夜风里晃动，山坡上的谷穗长出了谷苞，远处的山坳晃动着幽幽的灯火。我在夜色里凝望，想找到一个学校的诱惑、一个人坚守的秘籍——就在这个学校，一个老师坚守了40年。我对这个地方充满了好奇也充满了质疑。

这个夏天，我一直在学校间游走，带着强烈的目的性，一直寻找着契合我写作留守儿童项目的题材，完成我在这一年"深扎"的任务。我之所以一直游走，是因为没有找到真正打动我的故事，或者说接触的一些故事没有撬动我的感觉。写作需要触动，我需要找到打开我心灵的钥匙。

借着月光，我隐隐约约看见学校的门口站着一个人，我知道，一定是我要采访的主人公闫乃富老师。夜色里，闫老师打开了学校老式的校门，院子里空荡荡的，靠墙根开着几朵野花，院子不大，从东到西、从南到北不过十几步远的距离。教室是一间大房子，20平方米左右，摆着十几张课桌。后边的墙上是少先队章程，北面墙上贴着一张手写的课程表，黑板上用规范的楷体书写着一首古诗、几道算术题。整个学校就这一个教室，隔壁的一间屋子是他办公和居住的地方，一个简单的书架，上边摞着捐赠过来的图书，一张小床，被子规矩地叠着。一张老式的桌子上有一个电磁炉，他告诉我，那是用来给孩子们烧水喝的。我们又回到教室，他让我猜现在有多少学生。我看着课桌，算了算，加上我的想象，说，20个左右吧。

他摇摇头，非常庄重地告诉我，只有6个学生了。那一刻，我的表情大概是惊愕的，来之前，介绍我来这里的记者朋友说，学校有十几个学生。他走上讲台，朝着自己留在黑板上的内容，那些内容在黑板上形成三个阶梯的形状，问我："看这些内容，猜猜有几个年级？"我摇摇头，他神色庄重地指着几张课桌，说："这6个学生，分别是学前班两个，一年级两个，二年级两个。"然后他一个个说着他们所在的村庄，他们的名字……他讲着怎样上课，三个年级，每堂课分成三段时间，前十分钟给这两个学生讲课，中间十分钟给这两个学生，后十分钟给另外的两个学生，剩下的就是做作业、辅导。我想象着上课的情形，我听说过复式班，那天才算真正见识了这样的学校、这样讲课的老师。我们站在院子里，月光洒下来，山里的月光格外皎洁，山太静，低微的风声都能听见。闫老师说，多年来他一直教的都是复式班，每天站的都是同一个讲台。他数着，2007年以后学生递减，从二十几个到十几个，2010年有11个，2012年到2014年有9个，现在只剩6个。这是一个适应的过程，每次学生的减少都会使他感到一种失落，而现在即使只有几个学生坐在教室里，他感觉面对的依然还是一个班。

二

闫老师和我谈起柳树岭学校的前身，它的演变，它的高峰期。柳树岭学校几乎和共和国同龄，1950 年，这个山区的学校就成立了，尽管在大山的深处，但是那个时代交通不方便，走出去困难，在山区建立学校的重要性更强。1976 年左右柳树岭学校有了初中建制，就是那年，17 岁的他从当时的卫辉五中高中毕业，回到柳树岭学校成为一个年轻的山区老师，后来柳树岭学校还曾一度成立过高中班，那是柳树岭学校最兴旺的阶段，初中三个班，高中两个班，小学五个班，共 200 多个学生。这些学生大都来自柳树岭和定沟两个行政村，两个行政村包括方圆几十里的 12 个自然村，归当时的拴马乡管辖。

他几十年如一日，没有再离开过柳树岭，没有离开过他钟情的山区教育。他的家就在离学校二三公里的东凹村。现在的东凹村，全村只有八户人家，他和一个本家兄弟住在一个用石头垒起的院子里。我去采访时，几次见到的都只有他和他的爱人，院子里空荡荡的，只有不时掠过头顶的唧唧叫着的山鸟。闫老师告诉我，其他人都出去打工了，儿女们搬迁到平原乡村的一个地方，一年难得回来几次。而村里的八户人家，都是他的本家、亲戚。

他的叙述变得慢下来，声音也很低沉。1986 年前后，柳树岭学校的初中部和高中部陆续撤除，学生越来越少，学校变得越来越空旷，那种下课的热闹、踢踢踏踏的脚步声变得稀落，学生在进校门前的打闹似乎也没有了。他和留在学校的老师感到隐隐的失落，像一个将军，看不到自己的部队了，有时上课铃响起，他还站在教室外边，在等待着学生过来，然后站到讲台上，数着台下的人头。好长时间他才适应过来。

他不知道，或者不想预测，这样的状况还会继续，还会更严重。他甚至为此感到痛苦、孤独和纠结。1990 年左右，柳树岭的小学班也基本不全了。到 2004 年，柳树岭小学真正开始了一个老师和一个学校的现状，那一年全校剩下的学生总共不到 30 个，包括开始招收的学前班。当他第一次独自一个人面对全校不足 30 名学生时，他真正体会到什么叫孤军作战。他曾试图努力过，让给他再留一个同事，和他做个伴儿。可最终因为当时教师人员紧张，或者没有人愿意留下，而落空了。

一个人和一个学校，十几年，他就这样坚守着。面对现实，他只有努力地适应。

2006 年，柳树岭小学只剩下 16 个学生，真正的复式教学是从这一年开始的。没有办法，他只能将 16 个学生合并到一个教室，往后的日子，他必须努力地在教学上探究。作为一个获得过多项荣誉的老教师，即使在这种情况下也绝不能落伍，要对得起还留在学校的学生，对得起家长的信任。学生还在逐渐地减少，直到 2014 年的 6 个学生。闫老师告诉我们，剩下了十几个学生后，中心校和乡政府的领导来过几次，曾经将闫老师和十几个学生合并到几十里山路之遥的拴马完全小学。然而，只经过了几个月，柳树岭小学在山民的要求下又恢复了。那年冬天下了一场大雪，大雪把山路封了，学生无法回家，家长也不敢贸然地下山去见自己的孩子，只能隔山相望。家长们不愿意这样，他们相信闫老师，一次次去找乡政府，那样恳切。就这样,根据山里的状况和家长的要求,闫老师又带着自己的学生回来了。

一个人和一个学校的生活再次开始。

三

“只有现实生活单纯化,才能留下更多的精神空间。”这是闫老师的原话,也是他的肺腑之言。我们终于说到了留守儿童,他说,其实这么多年,他所教的学生大部分都是留守儿童,学生的父母大都常年在外打工,闫老师的家里曾经连续几年住过四个留守儿童。说到那四个学生,闫老师顿了顿,他下意识地朝里屋的两张床看去,好像时光又悄然地流淌回来,又看到了那四个调皮又听话的孩子。闫老师说,他们当年就住在这里屋的床上,十几年过去了,如今他们都已经是大孩子了。那一年开学前,四个孩子的家长分别找到了闫老师家,说出了他们的想法,想把孩子托付给闫老师。闫老师有些犹豫,老实说,他起初是不想让孩子留宿的,他知道那意味着什么,是信任,更是一种责任,除学习外,在生活上还要面对很多琐碎的事情,既做老师又做家长,更要掌握好细节和分寸。那四个孩子分别是二、三年级,七八岁的年纪。可闫老师看到他们恳求的眼神,又征求妻子的意见,两个善良的人最后收下了四个孩子。谁知这一收竟是几年,直到后来他们离开了柳树岭小学。

闫老师向我数着四个孩子的名字,十几年了,他记得那样清楚。那几年,一个山区的普通家庭,一下子增加了四个人,吃饭、穿衣、辅导,加上他们自己的两个孩子,那的确是一种不小的负担。闫老师每天要安全地把他们带到学校，再安全地带回家，几年如一日，手拉着手，沿着几里地的山路，每次上下那个一千多米长的陡坡。妻子要种地、劈柴，为他们做饭、洗衣，晚上照顾他们睡下，为他们盖好被子，冬天里为他们烧好取暖的柴火炉子。山路费鞋，那几年孩子们的鞋都是他妻子一针一线做的，千层底的布鞋做了一双又一双。几年里，常遇到孩子发烧、感冒、拉肚子的事情，他要带他们跑几里山路去看医生。现在，那几个孩子每一次回山里都要到学校看看，到闫老师家里坐坐，和他们守在一起吃一顿"团圆饭"。说到这里，我看见闫老师的脸上露出了欣慰的笑容。

四

我不知道该怎样评价这个山区的学校，这样一个奇特的一个老师和几个学生的学校，但我知道一个学校对山区留守儿童的意义。我有几次悄悄走近柳树岭小学，听着那面红旗在夜风中飘扬，谛听着大山在夜色中的吟唱，每一棵草木在夜晚发出生长的声音，一阵山风吹过山谷，山羊的叫声从远处传来……我看着那一所几间房子的小学，想着它的未来，回想着学生走来走去，似乎看见闫老师站在路边等待着他的学生，从家长的手里牵过学生的手，走过那条不足两米宽的羊肠小道；每天放学，站在山口将一个个孩子的手递到他们爷爷奶奶的手里。每一天都这么重复着，不厌其烦，大山深处的学校生活就这样延续着，日复一日，年复一年。

我想到了闫老师的另一个故事。无论他的学生有多少，都正常地参加全县全乡的统一考试和统一测试。每一次闫老师都要徒步几十里到拴马完全小学将封闭的考卷取回，一去一回要 4 个小时，本来上午的考试，柳树岭小学只好延迟到下午，这似乎已经形成了特例。我问他，剩下这几个学生也没有其他老师监考，还是那么认真吗？他突然庄重起来，好像我的话是对他的伤害，他严肃地说："我绝不会有半点的松懈，那是对我教学的测验，证明的是我教学的质量。"而每次考试，他所教的学生的成绩都排在前列。

他对我讲起他的学生下山到另外的学校就读的故事。一个学生随着家庭的搬迁到城里上学，入学时那个校长对家长说："山里的教学成绩不会多好，让孩子留级吧！"家长心里不服，因为他了解闫老师，为这句话感到不平，对校长说："你能不能让孩子先跟着试读，不行的话再退下来。"试读后，那位校长再见到家长时，惭愧地说："我错了，你回去告诉那个老师，我会去山上看他。"校长没有食言，他真的去了柳树岭小学，拉着闫老师的手说："你是一个好老师，我敬佩你……"几年过去了，那位校长还常常和他的同事讲起闫老师，拉着新分配到学校的老师到柳树岭来，体验山村教师的生活。

五

再一次进山是第二年 9 月。让我意外的是，相隔一个暑假，柳树岭小学竟然只剩下了一个被称作"月亮女孩"的学生。看到愈加空旷的教室我有一种难以言说的情绪。我看着那个女孩，明亮的大眼睛，圆圆的小脸蛋，她独自在座位上写着作业，字很好看，是那种有力道的楷体。和我一起进山的是一位曾经做过英语老师的文友，他指着课本上的单词听她读音，听过后说，女孩的读音非常标准。闫老师又让女孩背诵了《三字经》，而且将每句话的意思说给我们。女孩说着普通话，声音细细的，圆润好听，专注的神态非常可爱。

女孩叫马雪林，9 岁，上三年级。她从小就患有先天性脊椎弯曲，走路弯腰，像一个月牙，所以有了“月亮女孩”这个善良美丽的绰号。如果要更贴切，也许该称她为“月牙女孩”。

闫老师说，求人帮助马雪林，可能是他有生以来唯一的一次求人。

故事要从马雪林的病和电视台记者进山说起。

脊椎弯曲是一种比较严重的病，如果不及时治疗，病人生活会越来越难，甚至可能夭折。闫老师的话让我害怕，但他的言语里透出的是一种心疼、一种爱怜。马雪林的病是父母在她几个月大时发现的，他们翻山越岭，带她到县里、市里的医院都看过，医院当时就告诉他们，如果想要孩子康复，需要做大的手术，且不止一次，手术费很高。这对一个山区家庭无疑是一个巨大的负担，攒够手术费用，似乎是天方夜谭。7 岁那年，小雪林上学了，就在几公里山路外的柳树岭小学，小雪林的母亲开始了漫长的每天接送孩子的过程。他们居住的匣水村离柳树岭有将近 4 公里的山路，全是崎岖的羊肠小道，每一次单程要走一个小时左右，这还是走惯了山路的速度。小雪林的母亲每天早上将孩子背在肩上，送到学校，再回去侍候 80 多岁的老娘，中午如果不接小雪林回去，要再往学校送饭，傍晚过来再将孩子背回。

2014 年秋季，河南电视台公共频道的一个记者进山，当她听说这里有一所几个学生的学校时，好奇地走进了柳树岭小学。就是这次意外的采访为马雪林的治疗带来了机遇，采访结束，记者临走时好像意犹未尽，问闫老师："你有什么需要帮助吗？"

闫老师拉住了马雪林，向记者介绍雪林的病情，恳求说："你们能帮帮这个女孩治病，是我最大的请求。"那一刻，闫老师的眼里含着泪花，他的手始终攥着小雪林。也许就是那一刻，一个老教师的怜悯打动了一个进山的记者，她面对恳求的山村教师，面对趔着身子清纯可爱的女孩，说："我一定努力！"

记者真的又来到了柳树岭，和记者一同来的还有她的同事，更重要的是台长也过来了。他们去了女孩家所在的匣水村，看到了一个山村家庭的状况，山里人朴素的生活、一个山里孩子的期盼打动了他们。河南电视台公共频道在几次采访中，研究策划成立了马雪林专用捐助基金。在社会的捐助下，马雪林被送到了郑州市骨科医院，一笔一笔的爱心捐助在一点一点增加，手术准备在紧锣密鼓地进行，一个月后，开始牵引。手术后的马雪林需要24小时陪护，身上裹着厚厚的矫正器材，吃饭、大小便都必须在床上，在一个固定的位置。她再次回到山里，已经是2014年的初冬。

马雪林一回来，闫老师就开始往返匣水村，每天放学后去为小雪林补课。他的手里每次都带着一个手电筒，补完课天都黑了，山区的黄昏是沉寂和寒冷的。由于不能动，他们为小雪林准备了一个硬板，由母亲擎着，小雪林在那块硬板的支撑下，一点一点地完成作业。半年多的时间里，闫老师一趟趟走着那条崎岖的山路，在此期间的几次考试，他将考卷送到小雪林床头，而马雪林的成绩每次都是优秀。

2015 年暑假后，马雪林回到了学校，让马雪林没有想到的是，学校只剩下了她一个人。再一次站在教室，她四处瞅着，眼神里透着失落和孤独。当闫老师告诉她，同学们都离开了这个学校时，马雪林有些疑惑地看着闫老师，稚嫩又认真地问："闫老师，我一个人，你还会教我吗？""教！教！学校还在，我还教你，我一直教你，直到你上初中。"

柳树岭小学从此成了一个老师和一个学生的学校。

我在柳树岭一连住了几天。那天要离开柳树岭时，我和闫老师、小雪林告别。当我站在路口，再回头时，看见小雪林还站在学校门口，娇嫩的小手还在挥着。我再一次看着山腰上的学校、学校里那面红旗，我知道，这一个老师、一个学生、一面红旗的学校会一直在我的记忆里。闫老师、小雪林，我会再来柳树岭，再来看望你们。

中国乡村传统社会结构的瓦解

墨　白

2016 年下半年，我选择深入生活的点是我的故乡淮阳县，常住的地方是我出生并生活过 36 年的新站镇，这个镇子就是我小说里常常出现的颍河镇。我是 1991 年底从新站镇调到当时的周口地区文联工作，周口距离新站 20 公里，从某种意义上说，在 1998 年调到河南省文学院之前的这 6 年，我仍然没有离开故土，这样算来，我在故乡生活的时间是 42 年。在接下来的 18 年间，我离开故乡到省城生活，但因为父母还住在乡下，所以我每年在城乡之间的走动仍十分频繁，因此我自认为对故乡很熟悉。但等我回到故乡断断续续居住了一段时间，沉下心来仔细考察了我自以为熟悉的故乡之后，由于农村当下的真实现状和我头脑里曾有的经验发生了冲突，从而改变了我以往固有的自以为熟悉农村现实生活的观念。

1991 年以前我在家乡任教的时候，小学还是五年制。一个年级两个班，每班的学生都在 60 人左右，这样算下来，我所在的新站镇小学总人数常年都在 600 人左右，教师的人数是 36 人。然而，2016 年秋天我在家乡考察时发现，这所当年我所熟悉的学校现在只有五个班，而且每个班级的学生人数在 20 至 30 人之间，这样算下来全校的学生总人数还不到 150 人。新站小学的现任校长是我当年的同事，他说，因为生源缺乏，六年级已不能正常开设。这样问题就来了，学生都到哪儿去了呢？我就从这个问题入手，开始以我家所在的村民组进行调查，我的调查是从我的家族开始的。

我父亲兄弟三人，除去大伯父1949年后从部队直接转到新疆建设兵团不讲，还有家族中已经出阁的女孩不算，我二伯父家的三个堂兄弟，老大一家六口，嫂子和侄子帮着堂哥在家耕种流转来的30多亩土地。老二家八口人，老两口在家务农，两个儿子和儿媳都在北京打工，两个孙子跟着爷奶在家。老三全家在云南西双版纳做生意，已经在那里购买了住房。我们家兄弟四人，大哥和我两家在1998年都搬到郑州居住，成为城市居民。二哥家的两个侄子大学毕业成家后分别在深圳和西安安家落户，这样二哥和二嫂也进了城，我家只有四弟两口在家务农。我四弟的三个孩子中，大侄儿搬到县城居住，二侄儿在苏州买了房，三侄儿大学毕业后在郑州打工，他的目标是在郑州安家。在1990年以前，我们家族都在家乡种地，是农业户口，如今，家族成员已经分散各地，不说这具有代表性，但也可以作为一个传统乡村社会结构被瓦解的个案。

从我的家族情况切入我家所在的村民组，可以看到当下乡村的社会结构大致由以下几个单元构成。第一个单元是在改革开放后离开家乡的青年或壮年，这一部分人进城打工或经商获取收入，而父母仍然留村务农，他们的孩子要么跟着他们进城读书，要么跟随父母留在家中，像我二伯父家的老二，还有我四弟家都应该算是这种情况，这样的农民家庭占农村家庭60%左右，我称这类家庭为“半城半乡”。由于在城务工或者经商的多是青壮年，这一部分人是传统乡村社会阶层最为活跃的那一部分，他们一年中的大部分时间都是在城里度过的，只有在农忙或者春节时返回家乡。由于土地的流转，这60%中一半以上的人员只有在春节时才回到家乡。这个60%的以“代际分工”为基础的“半城半乡”或者叫“半工半耕”或者叫“半商半农”的家庭，应该说是当前中国乡村社会最为基本的结构，也正是这种中国乡村最为普遍的现象，更改了中国传统意义上的以务农为主的乡村社会结构。

第二个单元是进城后的农民在城市务工或者经商有了一定收入之后，在城市里购买住房，然后将留村务农的父母和孩子接进城市，比如我二伯父家的老三。而更多的青年一代是在大学毕业后有了稳定的收入来源，然后在城里买房安居，比如我二哥的两个儿子，他们在城里安了家，就不必为进城失败留下返乡的退路。这样的家庭占当下中国乡村家庭的20%左右。这样的家庭在进城之后，一般很少再与村庄发生日常联系，尽管他们与家乡的亲人仍然存在着密切的社会联系，但由于主要的利益关系已经不在村庄，所以他们已经渐渐地脱离了乡村传统的社会关系。这类家庭虽说与乡村传统社会渐行渐远，但因30年不变的土地政策，他们对之前所承包的土地仍然具有支配权，尽管他们已经把土地流转出去，但他们仍然与乡村存在着联系，仍然是当下乡村社会的组成部分。

这60%和20%的我的乡亲都去了哪里？为此，我做了一个田野调查。调查结果显示，中国80%的省份，都有我老家新站人的迁入，成为他们的第二故乡。应该说，二十世纪前后的这次迁徙，是中国历史上最为剧烈的一次，这些迁离故土的人，他们的后代可能从此就离开了这里。我的家乡新站镇，可能是二十世纪中国传统社会结构被瓦解的一个典型，是这次大迁徙的一个缩影。

第三个单元是留村务农的年富力强的青壮年农民及其家庭，像我二伯家的老大和我的四弟，他们已属于乡村社会结构中的中坚。这个单元的成员，多是因为种种原因没有进城经商或者打工，或者是曾经进城打工、经商后重新返回家乡的年富力强的青壮年农民及其家庭。这一单元的农民，他们在耕种自家承包的责任田之外，还积极地将外出务工农户不再耕种的土地流转过来。但是，只靠种植土地，生活还是很贫穷的。比如我家所在的村民组，隶属新站行政村，是镇政府所在地，距离淮阳县城 20 公里，虽是平原地区，交通方便，但经济并不发达。农作物种植品种单一，以小麦和玉米为主。如果没有天灾，除去种子、农药、化肥的开支，一茬地年收入七八百元就不错了，尽管政府一亩地给农民补贴 115 元，但要是算上工钱，种地还是亏本的。虽说在集镇上，但我们镇南临颍河，人均只有五分地，口粮历来是村民头痛的问题。这一部分人大多是通过农村副业获得一定收入，比如：专业养殖、种植经济作物；或者开商店卖农资，当农村经纪人，做代理；或者以手艺经营服务行业，就像我四弟。我四弟在务农的同时，还注册了家装公司，接收农村房屋的建设与装修工程。这个单元的农民通过土地种植和副业来获得不低于外出务工的收入，同时又可以保持家庭生活的完整。总之，在农村就可以获得不低于外出务工收入的青壮年农户，一方面保持了家庭生活的完整，另一方面又能参与乡村各种社会事务，这个占中国当下乡村只有 15%左右的家庭，却构成了当下乡村社会结构中的中坚。

剩下的一个单元是 5%的老弱病残户家庭，这个单元的家庭中既缺少从承包流转土地以外获取收入的能力，又缺少进城务工的青壮年劳动力，是中国当下乡村社会结构中的弱势群体。

由于中国乡村传统社会结构的瓦解，随之而来的一切都发生了重大的改变，比如前面我说到的乡村教育问题，还有土地的流转与经营问题、医疗卫生问题、生存环境问题、基层组织问题、婚丧嫁娶的观念问题、留守老人与儿童的问题，以及传统文化的淡弱、传统手艺的消失、传统伦理道德的丧失等问题，这些问题不仅是社会要面对的，也是一个作家要面对的。

尽管如此，故乡人民的生活仍然轰轰烈烈。郑州至合肥的高铁正在修建，线路就从我曾经耕种过的土地上经过。颍河里的航运正在逐渐恢复，常常有上千吨的船舶从颍河的下游开过来，停靠在我们镇东的码头上。政府对颍河的航运很有信心，在颍河上游距新站镇 10 公里的河道里，正在修建规模更大的周口港口，据说，颍河的航运会通到平顶山。我们镇里的街道新铺了路面，网络的开通自然不用说，新近家家户户又开通了天燃气，虽然比着城里有些晚，但还是来了。当然，也有让我们镇上的居民心中不快的事情发生，因为原来通过我们镇的 106 国道要往距离我们大约有 3 公里的高铁站靠近，现在已改道，我们古旧的新站镇多少有些被冷落。可以想象，在疼痛中，新的镇子的格局就要慢慢形成。几年前我曾经绘制过四张不同时期的颍河镇地图，看来，等到了 2020 年，我又要绘一张新的颍河镇地图了。

这次乡村生活的重新体验使我认识到，一个作家对生活的深入与参与永远没有终结的时候，这是因为，我们所处的时代每天都在发生着变化，如果你不在其中，那么，你很快就会成为一个局外人。这对一个作家来说，是一件至关重要的事情。但是我仍然认为,虽然“深入生活、扎根人民”对于一个作家是不能间断的日常课题,但毕竟和自己的无法避开的命运隔着一层。现在我们要做的,是转换,是怎样把那些和我们有些隔离的生活,转换成我们自己的生活,与我们自己的命运息息相关的生活。

照亮现实的文学

张运涛

2015年春末，河南省委宣传部号召省直文艺界创作人员“深入生活、扎根人民”，我有幸忝列其中。

写作近10年，我深知作家深入生活的重要性。投身文学创作之前我也应该算在生活中，但却不能算“深入”，因为我还没有主动用创作者的眼光来观察、审视生活。我选择“深入”的单位是县信访局，因为那里是基层矛盾比较集中的地方，能让我迅速沉入其中。

一年下来，我以信访为主题创作了三个中篇小说、一个短篇小说，总计10多万字。短篇小说《大多数》被《四川文学》选发，另外三个中篇因为关注现实，发表后均被选刊转载。《你喜欢胖子吗》被《小说选刊》转载——这也是我的作品第一次被该选刊关注，《蚂蚁》《收鬼记》先后被《中篇小说月报》转载。其中，《蚂蚁》还被河南省社会科学界联合会主办的理论刊物《领导观察》特别推介。

三个同类题材作品分别被国内重要选刊转载，其实也标示着文学界对现实题材文学作品的重视程度。另一方面，也证明了“深入生活”的重要性与必要性。

选刊要求配发创作谈，这个过程更让我厘清了“深入生活”与文学的辩证关系。现将三个创作谈辑录如下，权作此次

“深入生活、扎根人民”的几点感悟。

呈现，以及反思
——《收鬼记》创作谈

我不知道其他县的信访局是不是也紧邻着县委大院，一条马路将它们南北分开。我“深扎”的那个信访局门朝北，夏天闷热，冬天阴冷，但这里几乎每天都门庭若市，县长、县委书记接待日更甚。

报到的第一天，场面就极火爆，有点短兵相接的味儿：一名老上访户上来就厉声质问信访人员，信访人员笑着用一连串的反问回击对方。待上访户平静下来，信访人员又开始耐心地给她讲道理……之后的一年里，我见惯了接访大厅里的针锋相对与和风细雨。上访者心里大多都郁积了太多的愤恨与不平，话难听，气也难消，接访人员需有极大的耐心方可胜任。比如残疾人要求解决低保问题，二十世纪七十年代农村拖拉机手要求解决其待遇问题——民办教师有政策，为什么他们没有？我还见一位曾经的村支书在听了县委书记现场给他上过一堂“党课”之后，“放下屠刀，立地成佛”。也有“神经病”，煞有其事地来督促值班领导去北京，说是上级看她的面子给县里批了10亿人民币建飞机场——事实上，那只是她头天晚上做的一个梦……最具喜剧色彩的是结婚或离婚的走错了门（婚姻登记处就在它西边30米处），接待人员恶作剧似的将错就错，细细询问……

小说中的“我妈”，是在一个雨天走进我的小说的。她比吴桥路上的那些人来得要晚，是他们眼中的“钉子户”。众人推倒她院墙的那天晚上，县委副书记给我打了半个多小时的电话，聊他对这个案例的兴趣——这个哥们儿有过一年的海外留学经历，他的见解与周围的官员多有不同……短篇小说《大多数》发表之后，我又去了一次吴桥路。跟小说中描述的一样，路已经竣工，只不过走了一条弧线，绕过了那所院子。但推倒的院墙还躺在那儿，红砖缝里露出白森森的石灰，像呈堂证供。我觉得意犹未尽，于是又有了这个中篇。

信访局的政府职能是协调解决基层老百姓的诉求，但它也是一面镜子，映照出当下社会的矛盾……小说也似镜子，呈现之外还有反思——反思才是改善与进步的前提。我相信，还有很多有关信访的人或事正在我的小说之外徘徊，等待，像等着领导接见的上访者。

谢谢原发刊物《特区文学》！也谢谢再次结缘的《中篇小说月报》！

多余的话

——《蚂蚁》创作谈

我一度担心《蚂蚁》发不出来，直到《时代文学》微信公众号发布 11 期目录后旋即又删除，我还在怀疑是《蚂蚁》连累了人家刊物。

小说中的访民当然只是个案。她是县里的名人，半夜三更给县领导发短信，到市、省、中央信访部门跟赶集似的，领导们没有不知道她的。她的家很寒酸，典型的因访致贫：两间简易板房——乡政府为安抚她而援建——在一大片宅基地上显得很“猥琐”，与周围的楼房极不协调。屋里的陈设也极简陋，像是从垃圾堆里捡回来的。两个小得不能再小的凳子，靠墙一张旧床，对面一张学生课桌，桌子上一台笨重的老式电视机。床底下有个透明文件袋，隐约可见内里一沓打印的材料——可能是上访材料。我们聊了一上午，说到激动处，她情绪几乎失控。她以为我是记者，一再问我能不能解决她的问题。我很惭愧自己帮不上她，临走时仓皇丢下几百块钱权作安慰——也算安慰我自己。

全县类似的访民很多，有让政府找老伴的——老伴上访途中走失；有让政府赔偿被盗的母猪的——母猪一年生两窝，一窝 12 个崽，五年前丢失；也有让政府解决历史遗留问题的——二十世纪七十年代拖拉机手的善后工作，民办教师都有补贴为什么他们没有……

我承认基层信访干部为维稳做出了巨大的牺牲，他们每天生活在访民的哭诉与漫骂中，重大节日、重大会议时连个正常的周末和假期都没有……解决问题了吗？答案不容乐观，要不然，为什么每个县长、县委书记接访日接访大厅里依然人满为患？要不然，省会、中央哪还有这么多越级上访者？说到底，信访干部们手中并没有解决问题的权杖，他们只有借用自己廉价的同情或者遥远无边的承诺安抚对方。

现在，《时代文学》也把一个作家同样廉价的同情呈现给了读者，而且，《中篇小说月报》还把这种同情介绍给了更多的读者（这也是拙作第二次被该刊转载），虽然它没有歌颂，也不是主旋律，但我也没有太多的意外——社会终归还是允许我们怀疑与反思嘛。

说来说去，其实这些都是多余的话，作家想说的话难道不是都已经写进小说里了吗？

照亮现实的文学
——《你喜欢胖子吗》创作谈

我与小豆们在一起待过一年，为响应河南省委宣传部号召省直文艺创作人员“深入生活、扎根人民”主题实践活动。那段时间我跟小豆一样，几乎每天上午都要到信访局，坐在桌子后面最边上的一个座位上，听老王们来“告状”，看段主席们如何接访。程序是固定的，初访者要填诉求单，先回村委、街道办及乡镇调解。调解不成功，再转给县里相关领导处理。偶尔，领导会让我上去顶一会儿。更多的时候，我只是一个旁观者、记录者。日记记了三大本，有案例，有争吵，也有争吵之后的言欢，以及接访大厅之外的调解、评议。最有看点的当数县委书记、县长接访日，接访大厅门庭若市，需要警察来维持秩序。其实，他们的权力远没有老百姓想象的那么大，信访局的职能也不是漫无边际，接访的作用仅仅是疏通、分解，像一座桥梁，架在老百姓与相关职能部门之间。

一个下雨天，接访大厅“生意”冷清，我正发呆，老王进来了。我马上警觉起来，因为我跟老王很熟，他是我另一篇小说里的人物——儿子遭遇矿难，生还希望微乎其微，其他遇难者家属都签了放弃徒劳施救的协议，只有老王拒绝巨额赔偿，活要见人死要见尸。不知道是受了人家的撺掇还是因为有我临时在那里当差，老王也要来上访，要求还他儿子。儿子的肉身早已沤成土灰，老王的诉求既“无赖”又“无理”，接访领导甚至觉得可笑。

陪同接访的小豆却哭了。我没看到他哭，他心里肯定在哭，我猜。像小豆这样对本职工作有探究有疑问的公务员，我觉得应该有哭的时候。他是职场新人，大多数时候还算耐心，但面对出语伤人几近辱骂的来访者也会有忍不住的时候。生活中他也有很多缺点，如禁不起诱惑，见了便宜想占，过于自我等，他因此普通，稍不注意就会被我们身边的人潮湮没。但他也有理想，比周围人荒唐或浪漫的理想，比如离开他那个连电影院都没有的小县城去大城市看一场演唱会，到比赛现场看林丹打球，一个人去西藏……有人说小豆身上有作家自己的影子，我不否认，难道你们没有像他的时候？

还有小芹、小苗，大多时候她们只是暧昧传闻的主角，一旦真实清晰起来，肯定是在严肃的报纸电台新闻中。她们总是外表光鲜，看起来与城市女性没有什么分别，甚至更加排场、奢侈。她们无疑也很“成功”，但精神已经崩溃。小豆有这样的姐姐似乎有点委屈，有点孤独，为了安慰——也可以说是支持——他的坚守，我又安排了一个罗山姑娘。罗山姑娘出场不多，但她就像一束光，虽然并不多明亮，却足以映照小豆和他的姐姐们。

罗山姑娘和老王、小豆、小芹们当然都不存在，都是一个作家“无聊”时的臆想。但，谁又能肯定呢？

仰望故乡

八月天

2015年5月起，我参加了河南省委宣传部组织的“深入生活、扎根人民”主题实践活动。在离开家乡20多年后，我以一个作家的身份，回故乡滑县体验生活一年。一年的“深扎”生活结束了，回顾一年来在乡村的生活，我感慨颇多，收获颇多。

漫长而短暂的一年

2015年5月20日，我背着行装，坐上了回乡的长途汽车。我的“深扎”生活正式拉开帷幕。

到了县城安顿好，我如此打算：常住在村里，我想真正走进乡村，感受当下的乡村生活。

我的老家在滑县万古镇忠厚村，1993年我从村里搬离。如今父母定居县城，只有二弟一家还在村里，他和孩子大部分时间也都外出打工。我住在岳母家——与忠厚村只有一里多远的马成精村。岳母家里的青壮年也基本常年在外打工，平日里岳母带着两个上小学的孙子在家。

我独自一人住在二内弟（他与媳妇在天津做生意）空旷的三层楼内。初夏的气温宜人，归家的兴奋、小虫的骚扰，却让我几乎一夜没睡。身上起满了大大小小的疙瘩，奇痒无比，半夜里我不得不起来涂抹风油精。这些小疙瘩折磨了我十几天，直到结下一个个深紫的疤痕。

三内弟正在家盖新房。一座两层的小洋楼，不算门窗、装修，总造价即达 18 万元。这已经是当下农村盖房的新标准，曾经以瓦房为主的乡村建筑，渐渐地会被这样的小洋楼取代。

5 月中下旬，麦收前的这段时间，算是小农闲。在三内弟的新房施工的十几天，我每天就去工地转转看看，帮忙做点杂活。

后来我就开始到处“走访”，去地里，去街上，去其他村（主要是我们忠厚村），去镇上。

骑着电动车，走在乡村的柏油路上，我突然感到，我熟悉的乡村，居然是这样的陌生。

走访中，我还遇见了马成精村以前的一个学生在建鱼塘，这让我吃了一惊。现在的农民，也开始享受钓鱼这类休闲活动了。

而曾经最让我“恐惧”的麦收，如今居然三四天就很轻松地过去了，大型联合收割机如今已经普及，再也不用累得腰酸腿疼割麦子、打场了。新时代的农民，苦的已经不是耕种了。

在后来的秋种、秋收中，虽然还有很多耕种要靠人力，但都因为有农业机具的帮忙，变得省时省力。效率的大幅度提高，解放出很多劳力。

回忆我的童年时代，与乡村匹配的，总是贫穷、饥饿、愚昧等词语。那时候的乡村，一片黄灰。黄的是土，黄土墙，黄土屋，黄土路；灰的是时光，被风化的灰房顶，被熏染的灰栅栏，还有人们的灰头灰脸……

那时候，小伙伴们最关切的话题，就是吃。我总是想，什么时候有玉米面、红薯面两掺的馍可以放开吃就好了。

后来，乡村变了，先是解决了温饱，随后生活水平一步一步提高，吃肉、喝酒也不在话下了。乡村一派祥和，日出而作，日落而息，家庭和睦，夫妻恩爱，小日子过得很惬意。

再后来，乡村的格局被打破。众多青壮年男性潮水般涌向城市，开始了他们的“淘金”生活。可以说，这些被称作“农民工”的青壮年男性，大部分人靠自己的劳动，在城市淘到了“金”，实现了他们的致富梦想，有的还定居城市。

“深扎”中，我积极参与盖房、麦收、秋种、秋收等劳动，成为家乡的一员，真正融入乡村生活之中。

意识中漫长的一年，居然不知不觉就这么过去了。回郑州的时候，我流泪了——那不仅仅是恋恋不舍。为了生计，我还要离开家乡，继续漂泊在城市。

亲密而疏离的乡村

我一直以为，自己与乡村是亲密的。即使我是自愿地被从乡村“移栽”到城市的，长年累月生活在钢筋水泥构建的城市，但与乡村的亲密关系却从未被隔断，一直保持着密切往来，与土地的关系也依然紧密。乡村有我的亲人，我会时不时地回乡村去看望他们。我从业的河南科技报社，是一家服务“三农”的媒体，这使我有了更多走近乡村、了解乡村的机会。

但这次“深扎”生活，让我切身体会到，之前，我与乡村是疏离的。

40 多年前，当我在乡村的秋夜里呱呱坠地的时候，注定我生命的根是在乡村的。后来，虽然通过个人努力，主动从乡村迁徙到乡镇、城市，但骨子里仍然与乡村藕断丝连。那个叫忠厚村的豫北小村，承载了我青少年时期所有的梦想，在我的生命中永远鲜活。

回到故乡的最初几天，我发现，人回来了，心却还安定不下来。多年来在钢筋水泥构成的城市生活惯了，平日的繁忙与生活节奏一下子被打破。电脑上不了网，手机的 3G 网速很慢，在微信、QQ 上看点东西也很不方便，等等，真的有点不适应。

自己对乡村，居然也有“排异”反应。这是我始料未及的——慢慢适应吧。

如今，富裕后的农民们，要把城市搬到乡村——小洋楼、鱼塘开始占领乡村了。但我不知道，乡村会不会有一天也被城市全部覆盖?

当我从忠厚村搬离，便再也没有真正走进乡村。我魂牵梦绕的乡村，在时光的流逝中也变了模样。即使，我经常回故乡，在农家小院与亲人们闲聊，抑或，常常走进乡村采访，与不同的农户畅谈，但乡村已经离我很远很远了。在乡亲们眼中，我俨然是一个城市人了。回故乡，是探亲;入村采访，是工作。

其实，乡村早已不是自己想象的模样。

故乡——我永远的村庄

在从乡村进入城市的过程中，乡亲们的打工生活有多苦，需要忍受什么样的精神煎熬，这些被忽视的“城市移民”，对我来说曾经是个谜。

这次回故乡深入生活，是为了创作关注城市新移民的长篇小说《中原狐》，作品主人公是一个农村贫寒家庭的孩子通过奋斗进入城市的典型。

7月，盛夏期间，我特意去天津走访我们忠厚村走出来的建筑企业家李随印和他带出来干建筑行业的街坊邻居。与他们聊天，在建筑工地与他们一起吃大锅饭，尤其是与李随印的畅谈，让我了解了很多之前不知道的农民工生活。这些年李随印联合村里的其他建筑老板，出资为我们村修路、修桥等，做了很多好事。他的一句话让我产生了共鸣：“忠厚村永远是我们的村庄。”

在天津走访了8天，回来之后，我改变了初衷，有了更大的创作计划与创作冲动：在创作《中原狐》的同时，以这次深入生活采访到的材料，创作部分反映农村生活的中短篇小说。我的这个创作计划，受到了滑县文化局的重视，被列入“滑县文化丛书”项目，并以《永远的村庄》为书名结集出版。

总之，“深扎”生活不仅仅是创作上的收获。一年来乡村生活对我精神的影响与滋润，内心的感受与体会，对乡村的重新认识，还有很多挖掘的有关生活、文化资料，等等，都会给我今后的创作带来裨益。

生活是最好的老师，也是我们创作的源泉。在乡村的生活细节中，我能感受到时代的变迁、生活方式的变化、风俗习惯的传承与断流。这些，也跟我之前的想象大相径庭。

作家，只有融入生活，才能深入了解生活，才能与时代同步。

把笔触伸向黄土深处

欧阳华

一

对于一个在城市机关生活久了的人，像我，有幸借着“深入生活、扎根人民”活动的浩浩春风，来到充满泥土气息和蓬勃生机的乡下，走进充盈着无限生机与原始活力的基层，我的生活变得鲜活而灵动，我的灵魂变得淳朴而纯净，我的心情变得自由而真实。我再次来到黄河故道绿洲、庄子故里——民权县，来体验黄河故道人最质朴的情感和最震撼人心的故事。

我抓一把黄土放在胸口，黄土啊黄土，你从遥远的巴颜喀拉山奔腾而来，穿越亿万年时光酝酿，借着桀骜不驯的力量，哺育了代代中华儿女。这是一把掺和着古老历史的厚土。如今黄河故道沉积下来，昔日翻腾的浑黄浪涛已变成一泓清水，岸边的红柳密匝遍地，河中的水草油油地招摇，水中的鱼儿自由嬉戏。岁月从疯狂暴虐的伟岸，变成了水波涟漪的恬静。昔日的帆樯如林远去，昔日的哗哗涛声作古，昔日的伟岸大气遁去，留下了最沉重的记忆。生活在这片黄土地上的人们，拥有古老文明积累下的无尽智慧。

民权县曾经是一片贫瘠的土地，它在地理位置上和兰考毗邻。黄河故道上曾经荒草遍地，风沙漫天，涝灾年年，盐碱覆盖,所谓“大风起、飞沙舞,一年四季都喝土。狂风掀起茅屋顶,沙湮田垄禾苗枯”。但民权人没有在困难面前低头,而是发出了向风沙宣战的宏伟誓言,在黄河故道风沙浪口建设起一项伟大的工程——申甘林带,一道蔚为壮观的绿色长城。它位于黄河故道的南侧,西起程庄镇的申集,东至城关镇的甘庄,东西长约 24 公里,南北宽 2 至 4 公里,面积近 5 万亩,是全国四大平原人工防护林带之一。

该区域的森林覆盖率达 82%,有植物 100 多种,陆生动物 180 多种,被列入野生动物保护的有 10 多种。若你沿着申甘林带穿行,一排排树木高大挺拔、遮天蔽日,悦耳的鸟鸣声嘈杂而热闹。黄发垂髫悠闲散步,浪漫情侣温柔依偎,别有一番情致在林间。置身于申甘林带,宛如身处天然森林氧吧,不觉心旷神怡、神清气爽。

有了绿色长城的守护,民权人经过实践耕作,破天荒地利用黄河故道荒地种植起了葡萄,并获得了丰产丰收。葡萄经济价值高,日照时间长,品质上乘,畅销周边城市。然而随着产量规模的扩大,再加上新采摘的鲜果不宜储存耐运,二十世纪五十年代中期,发往北京的一车皮葡萄,在石家庄火车站发现遭遇了灭顶之灾:全部腐烂变质,必须就地掩埋处置。随着葡萄鲜红的汁液渗透进冀中山沟,民权人的心在流血。这件事惊动了当时的国家轻工业部,他们立即派出专家组来到民权调研,迅速做出了在民权建设一个葡萄酒厂的决策。从此海量的民权葡萄有了深加工的基地,万千果农重新笑逐颜开。

二

酒品如人品，做酒如做人。民权牌葡萄酒有根，那就是黄河故道；这葡萄酒有魂，汲取的是黄河数千年的滋养、喀喇昆仑山的灵气、黄土高原的厚重。这里有适合葡萄种植的独特土壤，是这个地球上最适合生产葡萄酒的地方之一。这葡萄酒宛如上帝的恩赐，我一闻到就醉到骨髓里了。这葡萄酒的品质完全可以和世界上任何一种葡萄酒品牌相媲美。

民权县有黄河故道上最优质的沙质土壤，可在二十世纪五六十年代，这里自然灾害频繁，黄沙漫天，庄稼种不成，涝池盐碱遍地都是，是个兔子不拉屎的地方，群众年年外出逃荒要饭。政府下大力气植树造林，风沙总算小了些。后来，年年种庄稼年年颗粒无收，可智慧藏在群众中间。

后来赵屯有老农在自家院子里尝试栽植葡萄苗，一两年就郁郁葱葱，那葡萄还特好吃。这事启发了周围群众，不出三年黄河故道上到处都是栽植的葡萄，耐涝耐盐碱，那葡萄还特别甘甜多汁。轻工业部派人来调研，发现了黄河故道上这块天然的葡萄酒酿造基地，便调遣了技术、设备、人才、资金，在民权县投资建厂。当年投资，当年建厂，当年出酒，行销大江南北，这是那个时代战天斗地的奇迹。

1958年，国营民权葡萄酒厂在一穷二白的基础上草创。酿造葡萄酒，这对还未填饱肚子的民权人来说，完全是个新生事物。可倔强的民权人却是甩开了膀子，不但要做葡萄酒，还要让民权葡萄酒走出豫东冲出国门走向世界，这在很多人看来，犹如天方夜谭。

可是没有什么能阻挡民权人的执着。质量按照最严格的国际标准，流程采用最严苛的工艺，原料采用绿色无公害食品——那时虽然没有这个概念，但民权葡萄种植确实是不上化肥而深施农家肥，不打农药而是人工逮虫。积年黄土无尽的滋养，8 万亩葡萄园荟萃的精华，让民权葡萄酒的品质广受好评，并走出国门成为外销产品。

此时正是计划经济时期，民权葡萄酒产品由天津粮油进出口公司代理出口，使用了天津粮油进出口公司注册的“长城牌”商标。随着改革开放的春风，民权葡萄酒厂的发展迎来了灿烂的春天。长城牌葡萄酒、长城干白葡萄酒等获得国家名优产品称号，迅速提升了品牌的知名度、美誉度，大江南北的订单纷至沓来，民权葡萄酒厂在全国各地的经销商云集，进货的队伍排成长龙，葡萄酒还未进灌装生产线，就被订购一空。民权葡萄酒厂兴旺时期职工达 1800 多人，全县葡萄种植最高达 8 万多亩，相关葡萄种植从业人员达 20 多万人。

然而在二十世纪九十年代初，商标持有人天津粮油进出口公司将长城牌商标整体转让给中粮，民权葡萄酒想用长城商标必须支付高额使用费。作为长城葡萄酒的发源地，却被一个小小的商标抽空了民权葡萄酒的灵魂，市场的行销宛如内伤的躯壳，变得步履蹒跚。民权人的心在流血，一如这暗红的葡萄酒一般。如今的长城牌葡萄酒已经为国内葡萄酒翘楚，它的身上印证着一段民权葡萄酒曾经的辉煌，让人扼腕叹息，只留下一个日渐远去的背影。

但是，有这样一群民权人，用“咬定青山不放松”的精神，用“做酒如做人，酒品如人品”的担当，重新续写民权葡萄酒的光辉岁月。于是，我怀着十分凝重的心情，走近这样一群在开拓中进取、在实干中探索的民权人。

三

眼前是一方神奇的土地，一座哥特堡式的欧洲风格建筑映入眼帘，尖尖的红色拱顶直刺苍穹，和蓝天白云缠绕回环；生产车间里一座座硕大的储酒罐林立，检验检疫实时监测；自动化灌装车间流畅作业，哗啦啦流动着酒瓶灌装后的欢快，一箱箱产品打包出场，工人们忙忙碌碌。

酒厂酿酒葡萄示范园里，各类葡萄的绿叶迎风招展，丰硕的果穗在绿叶里熠熠生辉。阳光透过绿叶的罅隙投下来，清风就在葡萄架里轻轻地游走，蝴蝶在葡萄绿浪里上下左右翻飞，工人师傅正在田间浇水施肥，用的是现代化的排灌系统，在葡萄酒庄周围，形成生机勃勃的绿海。

我时常徜徉其间，看到员工紧张忙碌而又春风满面，听技术人员如数家珍而又信心满满。我也置身于葡萄的世界，本地优势品种和舶来品种交相辉映，这一列列绿叶婆娑的葡萄树，让人目不暇接而心旷神怡。

这是赤珠霞，又名解百纳。它皮厚而果实细小，能抵抗一般霉菌和疾病，容易种植，适宜种植于排水良好的砾石土壤，酿制而成的酒多年后会形成多元的香味和口感。

这是西拉。它原产法国，是一个古老的酿酒品种，果穗中等大小，平均有275克，呈圆锥或圆柱形，带歧肩，有副穗。果粒小，着生较紧密，圆形，紫黑色，果皮中等厚，色素丰富，柔软多汁。果味酸甜,具有独特香味。

这是黑比诺。果穗小,呈短圆柱形,有副穗,果穗较紧密。果皮薄,蓝黑色,果粉中多,肉软多汁。用来酿造香槟酒或干白葡萄酒,呈浅黄色,酒香浓郁,醇和爽口。用来酿造红葡萄酒,则色泽暗红透亮,质地醇厚,回味无穷。

这是贵人香。原产意大利,欧亚种,在这黄河故道上是引进的盛产品种,果穗中等大,呈圆柱形或圆锥形,黄绿色,果脐明显。用它酿制的葡萄酒澄清发亮,有悦人的果香和酒香,柔和爽口,丰满完整,回味悠长。

这是紫大夫。原产于德国,果穗大,果柄长,果粉厚,蓝黑色,外观雅致。酿造出来的葡萄酒呈现深宝石红色,具有浓郁的花香,可与任一款酒勾兑,呈现出美妙的色彩。这是一款鲜红、迷人的葡萄酒,可以为庆祝晚会助兴。

这是霞多丽。原产法国勃艮第,果穗小,呈圆柱或圆锥形,有副穗。果粒着生较紧密,圆形,黄绿色,汁多。适应性强,产量高而稳定,素有"白葡萄皇后"的美誉。酿造的葡萄酒香味浓郁,口感圆润,经久储存可变得更加丰厚圆润。主要用来制造干白葡萄酒。

这是美乐。原产法国,果穗中等大,呈圆锥形,中紧,果穗极短。果粒中等大,圆形,紫黑色,果粉中多,果皮中厚,酿造的葡萄酒有丝绸般的柔滑感,让人产生无限遐思。

这是小味儿多。果粒小,近圆形,紫黑色,成熟时糖度、酸度、色度都很高,特别适合调配陈酿型葡萄酒。

这是白诗南。果穗中等大,黄绿色,果皮较厚,柔软多汁,酿造的葡萄酒呈浅黄带绿色,果味极佳,酒体柔和细腻,为酿造干白、甜型、起泡葡萄酒的优良品种。

这是泰姆比罗。果穗大而长，松紧适中，果粒中大，蓝黑色，皮厚，肉质较硬，高糖低酸。酿造的葡萄酒呈深宝石红色，酒体丰满，具有独特的酒香。

这是媚丽。果穗带副穗，双歧肩，紧密度中，果粒呈圆形，紫红色，果肉软，味酸甜，非常适合酿造桃红葡萄酒，具有玫瑰、草莓、菠萝、甜瓜等的香味。

这是蛇龙珠。原产法国，果穗中等大，呈圆柱形或圆锥形，果粒紧密，呈圆形，果皮厚，紫红色，上着较厚的果粉，味甜多汁，出汁率达75%以上，酿制的干红葡萄酒果香浓郁，味道醇厚，香清味远。

这是马瑟兰。果穗较大，呈圆柱形，果粒较小，出汁率较低，含糖度高酸度低，酿制后颜色较深，果香浓郁，酒体轻盈，单宁细致，口感柔和。

这是白玉霓。果穗较大，呈长圆锥形，果粒着生紧密，圆形，黄绿色，皮中等厚，肉软多汁，味道酸甜。

…………

黄河故道两岸，一望无际的檩条阡陌交错，葡萄的枝叶在风中舒展开来，紫红的果穗缀满在绿叶之间，果农们穿梭其中松土施肥，为果浆饱满奉献美味的“佐料”。

葡萄树枝与枝错落交会，叶与叶相握依偎，根与根融在一起，托起这平原上一片丰收的绿海，长出一条条红紫相间的云霞。待到果粒沁香，多汁的鲜果化成暗红的葡萄酒，这是葡萄树留给人间的精灵，它汲取了黄河全部的精华，留住了最经典的黄河魂，才能在沁人心脾的同时，找到我们最古老的根脉，也让我的创作灵感得到了酝酿和升华。

四

朱和平，一个新民权人，老家浙江台州，在民权一干就是十年。十年时光注定会走过一段风雨兼程的路途，朱和平披星戴月，无怨无悔。朱和平受重托，接过河南民权葡萄酒厂衣钵，决心革故鼎新，重新续写民权葡萄酒的辉煌。一个浙江人，从蒸蒸日上的房地产公司负责人悄然转身，来做一个在困顿中挣扎的“民权牌”葡萄酒的品牌，这种坚忍执着是让人敬佩的。

台州人朱和平来到民权这块黄土地上，付出了十年的青春岁月，怀揣着让一个昔日辉煌的品牌重新腾飞的“葡萄酒梦”，他早就把自己融入这块厚重的土地，谁能说他还是异乡客呢？耕耘的时光结出累累硕果，民权牌葡萄酒如今以高端品质受到消费者好评，特别是他倾心打造的“河南红”系列、“1958”系列，早已成为河南畅销名酒，稳坐中原葡萄酒品牌头把交椅，并畅销大江南北。

在这黄河故道的深处，酿造一段属于葡萄酒的传奇，送上一瓶瓶老家的味道。这里和法国、西班牙、意大利葡萄产区属于同一纬度，却有着沙性土壤、适宜光照，何必非得青睐漂洋过海的昂贵饮品，这黄河故道的葡萄酒佳酿，入口绵香，果味十足，味道醇厚，回味悠长，足以让你一饱口虞。

作为天明集团委任的葡萄酒企业的总经理，朱和平喜欢从文化角度去理解葡萄酒，葡萄酒文化虽然以西方舶来为盛，可是在我国却源远流长，唐代诗人王昌龄的“葡萄美酒夜光杯，欲饮琵琶马上催。醉卧沙场君莫笑，古来征战几人回”就是最有力的印证。朱和平身上不但具有企业家风采，而且还有文化学者的意蕴。他对民权的庄子文化尤其喜欢。

庄子作为民权的文化坐标，给民权打上了深深的历史烙印。而朱和平也被庄子文化所吸引，巧妙地将庄子文化寓意到葡萄酒文化之中。“做酒如做人，酒品如人品”，酒和人进行了完美融合，这是一个把自己的生命和葡萄酒完全融为一体的企业家。

品一杯民权牌葡萄酒，干红或干白或甜型葡萄酒，那独有的清香慢慢地散入五脏六腑，让你的身体随着这上帝的血液而重新勃发，黄河积存的活力之源在身体里流淌，那独有的果香依然馥郁温馨。

黄河故道依然源远流长，大片的葡萄园的绿色在黄土地上无限地延伸，在肥沃的平原里成为一泓涌金冒银的清泉。黄河故道人精心孕育的民权牌葡萄酒在继承历史、借鉴外来经验的同时，瞄准了做最好品质葡萄酒的目标，坚持不懈。如今，新的民权牌葡萄酒已经落户民权南华工业园，有着欧式风格的酒庄尖顶直刺蔚蓝的苍穹，周围葡萄示范园的葡萄长势喜人，春来绿叶绽放，秋来硕果飘香。

祝福你，民权牌葡萄酒，你抖落一身风尘，从历史的辉煌中走来，醇香品质和良好口碑是你的风采，你焕发无限生机，向光辉灿烂的未来飞去，高端酒质和诚信经营是你的名片。你会在中国梦里变换瑰丽的色彩，走进每一个家庭，酒不醉人人自醉，酒香宜人人自爱，将真诚和关爱播洒大众，书写新时代属于你的大美风采。

“深扎”散文随笔三篇

宫　林

在乡下思考“时间”

多年前，曾有文友告诫我，写小说的人，一定要思考“时间”问题，我不以为然，以为小说是以人为主的，时间还不是有头有尾的吗？“深扎”到了乡下，“时间”问题不自觉地就蹦了出来。久居县城，虽与乡下并不遥远，但“时间”却完全不同，这是可以感觉到的。主要是觉得乡下的“时间”长了些，慢了些。再想起自己在北京、郑州的短暂生活，马上明白了，时间的快慢，真是一级是一级的水平。乡下没有县城的快，县城没有省城的快，省城没有北京的快——清楚地记得，在北京朝阳区与丰台区的朋友约见，坐车就花去了半天，聚在一起，刚喝了两杯酒，天就黑了，赶紧匆匆而别，赶车回去。一天没了，时间过得真快啊！

“我们的时间哪儿去了？”我听到不少城里朋友这么感慨。这当然是个悖论。时间一点没少，一年 365 天，一天 24 个小时。时间面前，可是真正的人人平等。乡下人羡慕城里人，可不是一年两年了，羡慕了几代人了。城里人哪个不明白乡下人的“时间”宽裕，但谁也不愿长期到那里生活，当客人还行，寻点诗情画意、田园风光，欣赏一下。可谁都不愿当主人，一辈子拴在土地上。逃离农村这种主题，成就了当代许多作家的大作。

在乡下，感受时间的“长”，夏天尤甚。你一大早起来到村外散步，呼吸从庄稼地里飘来的潮湿气息，太阳尚未出来，鸟叫得很轻。你以为自己是村里最勤快的人，其实不然。“莫道君行早，更有早行人。”在你的身边，不时会有电动车驶过的声音。那些在乡间搞建筑的、做小买卖的人，早已出动了。乡下人以睡懒觉为耻，他们都愿早起，信奉“早起的鸟儿有虫吃”。在这种环境里，一个作家也懒散不起来了。人们在早上不说几点，而是以太阳出来为标准，以东方喷鱼肚白为标准。这个时候，城里的上班族往往还在睡梦之中呢！从早上5点到晚上8点，整整15个小时是白天。如果你乐意走访人，你可以从一个村子到另一个村子，从从容容地串上好几家朋友，一点也不感到时间的紧迫。

我一直想写本书，叫《城乡钟摆》。我想把“城”与“乡”之间的时间搞清楚。为此，我不光读了《时间简史》《一日长于百年》，还特意拜读了詹姆逊的《时间的种子》。我明白，如今的中国，虽然说不清是现代还是后现代，但时间这个种子算是真正地发芽了，在城里和乡下长出不同的模样来了。时间变了，乡下的“农村包围城市”的第二轮到来，大批农民工进城，让我们的田野调查也融入了城市因素。虽然我在乡下依旧感到“长”与“慢”，但也感到了不同的味道。这种味道和自己幼年的记忆完全不同了。在早上散步时感到了，在中午吃饭的时候更有感觉了。因为村里有个养猪场，它不光产生了臭味，还招来了大批的苍蝇。我在村街的树下吃饭时，不得不用筷子驱赶爬上碗沿的讨厌的苍蝇。这在我的记忆里是没有的。这一刻，太阳当头，蝉鸣正欢。大洋彼岸的美国正进行着一场篮球比赛，那么多人还在美国的午夜里狂欢。因为两队比分相持不下，人们已经不关注前边的比赛过程，而在期待着最后零点几秒的绝杀。那一刻才叫时间啊……

说得轻巧些，谁都明白，时间只有两种——白天与黑夜。除了春分和秋分，白天与黑夜就从来没有对等过。但作家的表达更是不对等的。否则，怎么会一日三秋，怎么可以一日等于百年呢？许多人在“不夜城”放纵时，根本不会想白天的时光，也许你会感慨“今宵酒醒何处，杨柳岸，晓风残月”，但你是不愿让自己醉卧在烈日炎炎的街道上，你的羞耻之心让你选择到一个别人看不见的地方。晓风残月，刚好是此刻最好的倾诉对象——作家要表达的正是这个东西。这是有价值的，不是无效的。此刻，外在的时间和内心的时间统一了。一旦统一，就显得合情合理，撩人心肺。那么，“行到水穷处，坐看云起时”的妙境就自然而然地出现了。

西方人讲究时态，我们不太讲，但用他们的时态分析一下李商隐的《夜雨寄北》就有意思了。短短四句里，便含了现在进行时、过去进行时、过去完成时等。在外国，它无疑拥有了漫长的神奇的时间。在我们，看到的是一场漫长的夜雨。只有文学作品才能让这场雨下得那么绵长，那么有情，那么百转千回。你不得不感叹，文学里的时间真是太有魅力了。它可以让雨永远下不完啊！

“人类一思考，上帝就发笑。”人类思考时间，弄得自己都陷进了时间的旋涡里，晕头转向。上帝发明了时间，他知道时间的所有秘密，他在时间之外，他当然会笑。但是，爱因斯坦厉害，他说，时间是可以停止的，甚至是可以倒转的，只要满足一个条件就行,条件是你的速度超过了光的速度。爱因斯坦吐着舌头,在向上帝发笑……

雨夜捉泥鳅

2016年的夏秋之交,我"深扎"的乡下下了一场大透雨。这场雨和李商隐诗里的那场差不多。只不过他的是"涨秋池",我们这的是"沟满河平"。他的是漫长的夜雨,我们的是白天下的,仅仅下了3个小时,傍晚时就骤雨初歇了。因为连日的酷热,这场雨带来的凉意让人美美地睡了几个小时。在梦里,我在与朋友喝加了冰的酒,非常惬意。

邻居银哥打着手电喊我时,我刚刚起来,在黑黑的屋檐下呼吸雨后的湿润空气。

他叫我去他家里喝酒。菜很简单,黄瓜豆角是自己种的,花生米是刚炸的,厨房里还有热油味。只有一个荤菜,蒜苗调火腿肠。他说,今儿个得劲,喝点。我说,这场雨好,又浇地又降温,得劲。他老婆放好菜,去另一个房间看电视了,临走时说下雨了没赶集,这菜太简单了点。我说俩人四个菜,不简单了。尽管我们喝了不少次酒了,他们还是很客气。银哥喝啤酒,我不让,说还是白酒过瘾。他笑笑,说一会儿还有事,喝晕耽误事。就这样,他喝了两瓶啤酒,我喝了半瓶白酒。有点小晕,感觉很好。我问他有什么事。他指指外边,说老天爷帮忙,下了这场雨,大龙沟里有水了,去捉泥鳅去。我连连点头。我已经好久好久没有捉泥鳅了,非常稀罕,非常期待。

我帮他收拾完菜桌,说东西呢,捉泥鳅总不能赤手空拳吧,那家伙滑得很,抓不住呀。他喷了口烟,说早将地笼(一种渔网)放在大龙沟里了,待会儿只要跟着他就是了。我指指电视响动的那间房,说怎么不让嫂子跟着呀。他朝那房间喷了口烟说,她胆小,怕鬼,不跟着去。

我问:"嫂子怕什么鬼,哪还有鬼?"

他说:"你不知道,麦收前,何玉花不是死了嘛,埋在大龙沟边上。何玉花,你该认得呀!"

"我当然认得,初中比我低两届,我毕业了,她还借过我课本呢!"我的眼前浮现出她的影像来:大眼睛,中等个子,说话声音不大,很秀气。她嫁过来,见到我,还喊哥呢。

"跟儿子儿媳生气,喝大花药了。"银哥说,"她才 41 岁,死得凶。那些在大龙沟干活的女人说,总是闻见大花药味,都怕。"

"因为什么生气?"

"因为在城里买房子。具体的我也不清楚。"

我心里蒙上了一层阴影,感觉外边的空气很冷。

我晕晕乎乎地拿着手电,跟在银哥的身后,噗喳噗喳地踏着泥巴,来到村北的大龙沟。我看到几条沟边都有手电的光亮,在田野里不停晃动。银哥说不少人在捉泥鳅,这玩意儿值钱。

大龙沟里水快满了,沟底种的玉米已高过人头,银哥的十几个地笼就放在玉米的根部。他是傍晚雨停时放进去的。

他脱了裤子,扔给我,又指指水桶,就下了沟,在玉米根部找地笼。

我没心思看他倒地笼里的泥鳅,将手电不停地往四周照。我想看看何玉花的新坟在哪儿。

尽管银哥也有手电，他还是提醒我，别乱照，照着地笼和水桶，别把泥鳅倒跑了。我嗯嗯着。还真的捉到不少泥鳅，在水桶里乱扑腾。我不再乱照，但鼻子却使劲地嗅着。我明白自己想嗅到大花药的气味。

倒完泥鳅，银哥在穿裤子，我的手电又不由自主乱照起来。银哥说："你是不是想招来个女鬼呀？"我说："我没有发现新坟呀。"他叹口气，点上烟，问我要不要吸一根，我说不要。

他分明感到我在拼命嗅什么，说："别嗅了，深更半夜，怪瘆人哩，快回家吧，明天咱炸泥鳅下酒。"

村口的篝火

一场雪后，天一下就冷了。

本来以为天冷，先前热闹的村口会冷清下来，不再有人过去聊天，吃饭。事实证明，我想错了。这儿不光聚了好多人，还有了一项大伙更为喜欢的内容——烤火。

晚饭后，我迎着微微的寒风，由村中来到村口时，这儿的篝火已经起来了，老远便能看见那团红火，闻见烤烟气味，听见玉米秆哔哔剥剥的燃烧声和人们的谈笑。我冲火而去，不光是为了取暖，更想听听村民的聊天与高一声低一声的笑话……

算一算，我从初夏"深扎"以来，已经半年有余，其间除了走访一些人，除了读书写作，待在这儿的时间最多了。除了下雨下雪，几乎每天的黄昏都会来站一会儿，蹲一会儿。这儿几棵大杨树上的小鸟此刻也最欢快，叽叽喳喳，在半空中交流着一天的见闻。杨树后边有一堵矮墙，矮墙外边就是绿色的田野了。大家曾经在炎炎烈日里，坐在杨树下打牌，在三九寒天里，背靠着矮墙晒太阳。现在不知是谁突发奇想，燃起篝火来，有了这团火，还愁聚拢不了人？

烤火用的柴火全是秋收时拉回来的玉米秆，捆得倒是板板正正的，堆放在村口的墙边或者浅坑里，有的竖在柴火垛旁边。村民中只有少部分人烧地锅，但因为玉米秆不顶火，也都不愿烧它们。而那些更为顶火的芝麻秆、棉花秆、豆秸、玉米芯，是好柴火，已经够他们做饭用了。秋收时禁烧秸秆，人们将好柴火拉回来，垛成垛。垛上的柴火没有这些不入流的玉米秆。想不到，现在这些东西变废为宝，成了团聚人温暖人的东西，派上了用场。有人正一捆一捆地往火堆上抛它们，火焰炽烈，让几米外的地方都能感到热腾腾的温度来，也让几米外的地方飘落着丝丝缕缕的灰条条。

因为下午写作时关机，此刻的我蹲在墙边，翻看着手机中的短信，回回电话，心情轻松愉快。眼前的温暖火焰，乡亲们的嬉笑，让我感到了温馨、舒适，我又禁不住想起夏天里那段“艰苦”的日子来……

“艰苦”主要体现在吃与住上。

因为村中有个小型养猪场，夏季时这一带除了有浓郁的臭味，还有许多的苍蝇嗡嗡飞舞。每天，我们端着饭碗到村街上吃饭，都要被那些苍蝇骚扰个不停，只好一边往嘴里扒饭，一边用筷子击打碗沿上的苍蝇，刚开始有点恶心，但我“深扎”时曾对自己承诺：像农民一样生活，像作家一样思考。本身又是农家子弟，这点困难就不在话下了……但我的身体不争气，天天拉肚子，拉了整整一个月。

那一段天热，晚上睡觉也是个考验，白天屋顶被晒透了，小屋子里闷，热气直至半夜都散不出去，又有蚊子与跳蚤打扰。等到睡觉时，我除了点蚊香，还要吹上一整夜的电扇……那一段，我一边涂着皮炎平，一边写作。不光是艰苦的生活考验，还是一次成功的减肥体验，有点痛并快乐着的意外收获。

秋收以后，惬意的生活就来了。

没有高秆庄稼，田野一望无际，眼睛一下子亮了。尤其是麦苗长出以后，到田野里散步时，新鲜的空气让人神清气爽，心旷神怡。当然，如果我愿意，也可以跟着那些打野兔的村民去远远地走一遭。还好，我的家乡偏僻，没有受到太多工业因素的干扰。村子的西边是个偌大的农场，东北方向则是上千亩地的一片旷野。走出洋楼林立的村子，顺着无水的小沟走到旷野，我依旧能寻到童年时代的一些印迹。天高地远，云淡风轻，就在我的眼前呈现着。因此，那可恶的苍蝇、跳蚤、蚊子，以及养猪场的臭气、瘙痒的皮肤，统统可以原谅了。我想，大多时候，我们需要的空间并不一定要大、要复杂，但一定要是鲜活的，花花草草，自自然然，和谐清静。这样我们才能既神与物游，又超然物外。

但是，秋天太短了，好像刚刚在天空看见几行雁阵，就下雪了，就有了浓浓的雾霾，“冬雾雪”，能见度一下子缩短了。秋高气爽，成了昨天的梦境。当你看到几十米外就是模模糊糊的场景，觉得眼睛被蒙，心里能不涌上一股惆怅吗？

然而，人们总能在单调中寻到有趣，总能让生活活泛起来，生动起来。用句文明词，“总能发现生活中的美”！

村口的这堆篝火就告诉了我们，美在身边，不必到天涯海角苦苦追寻了。老百姓其实是非常懂这个的。

70多岁的荣婶和村口的兰嫂，两个人是烤火的常客。她们俩在晴朗的白天将坑里的玉米秆扒上来，在路上晒干，捆好，弄到这堵矮墙边放好。晚上烤火时，她们便不再回家做饭了。荣婶一人过单身生活，邻村的女儿偶尔来看看她，送些东西。兰嫂呢，丈夫与孩子在南方打工还没回来，也是单人生活。她俩晚上在火中烤馒头，或者烤红薯与土豆。她们不像其他人，为了烤火而烤火，她们的晚饭就在这儿吃了，算是一举两得。焦香的馒头与香甜的烤红薯、土豆，让一些饭后的孩子也嘴馋起来，他们也让家中大人帮助来烤这些吃。兰嫂兜里还有个保温杯，里面泡了些枸杞红枣，边吃边喝，显得怡然自得，从容不迫。荣婶没有水杯，说自己晚上不喝水，免得起夜。

烤东西吃的人多了起来，因此荣婶提议，干脆这一带的人家都别做晚饭了，大伙在这儿吃大锅饭吧。虽然又省柴又省事，但响应者并不多。

村口还是大家垛柴火垛的地方，在路的两边，大概有几十个大大小小的柴火垛。有时，有人觉得这些玉米秆不顶火，干脆从自家或者人家的柴垛上拉出顶火的芝麻秆与棉花秆来烧。烧自己的心安理得，也叫人夸成雷锋；烧人家的，也没人说什么。随着冬天的深入，外出打工的人们越来越多地回来了，这些人的穿戴明显好些，像城里人。他们边烤火边掸头上、衣服上的飞灰。他们多半不是为了烤火，而是为了凑热闹，嬉笑，与乡亲交流感情。这些人不种庄稼，家中也多半不烧柴火做饭了。他们也不晓得这些柴垛的归属，所以，他们想烤火时，就到旁边的柴垛上拉东西——看来看去，每个柴垛都给拉得豁口明显，残缺不全。只有关二奶奶家的柴垛是完整的。她已80岁，也不种庄稼了，孩子都在外边，弄个柴垛不容易。她不会用电不会用液化气，是村中为数不多的烧柴者。所以，大家谁都不用她的柴火烤火。几乎每次烤火时，荣婶与兰嫂都要提醒大家，别用关二奶奶的，她弄个柴垛不容易……

我几乎每晚准时过来，靠在墙根，边看短信，边听他们说笑。我“深扎”了这么久，走访了不少人，一直觉得那样太正规，人家也拘谨，一直想寻一种更合适的方式。这种场合最适合我的想法，几乎不费一枪一刀，兑个耳朵，便能了解不少情况。这堆篝火，不光带给我温暖，还有一股浓郁的温馨。

火尽人散时，我回老屋子休息，将头发上肩膀上的灰屑抖去，抚摸着烤得温热的皮肤，觉得很充实。的确，比起夏季，谁说这不是很“享福”呢！

不一样的天空

孙　瑜

京剧大师梅兰芳曾经说过一句话:“不像不是戏,太像不是艺。”这句话也适合用来说明文学与现实的关系。文学是现实的影像,而不是现实的摹本,是以演绎的方式重构现实,所以更要对现实这个母体有敬畏之心。

2015 年,我先后多次前往平顶山汝州金庚康复医院和河南省中医药大学第一附属医院儿童脑病专科,以及各个不同的患儿家庭,采访了很多医生和患儿家长,想全面了解各个患儿与患儿家庭的情况,以及中医治疗儿童脑病的先进理念与各种方法。我想通过自己的努力,对患儿及患儿家长提供力所能及的帮助,并以此为素材创作一部长篇小说,反映脑瘫残障孩子与其家庭生存状况,用曲折动人、感人肺腑的故事,叩问这个弱势群体的生存法则,多角度反映亲情与爱情、责任与义务、宽容与和谐并存的主题。

春节前两天,游子们返乡最集中,都想赶早回家,好与父母亲朋一同守岁过年。只不过,我乘坐的火车去的是与家相反的方向——汝州金庚康复医院,这是我“深入生活、扎根人民”的地点。虽然之前已经去采访过多次,但我想在春节这个不一样的时间节点上再去一趟,与那里的孤残儿童、脑瘫患儿和家长们一起守岁,迎接新年,并准备了图书和玩具带给孩子们做新年礼物。

除夕一大早,我便打开行李箱,去病房给孩子们分发礼物。看着孩子们拿到玩具和图书时开心的笑脸,旅途的沉重与辛劳一扫而光。这个猴年的春节,留守在医院治疗的孩子中还有二十几位来自遥远的新疆和田地区墨玉县和洛浦县,他们都是宋兆普院长免费救治的对象。医院的五、六、七整整三层楼,都住着宋院长义务救治的病残孤儿,有三百多位孩子,我带的礼物显然远远不够,赶紧去附近的超市给孤儿们买回了几箱苹果、橘子,还有花生和瓜子,送到孩子们的病房,让他们也能过一个丰盛的除夕之夜。孤儿们居住的大病房阳光明媚,抱着孩子喂奶的护士阿姨眼中流露出发自内心的笑意,这些命运多舛的孩子们能够在这样的大家庭里生活,也算是不幸之中的万幸了。我抱起一个一岁半还只会扶站的孩子,被腿边另一个想吃苹果的孩子叫着“妈、妈”,真是热泪盈眶……全心付出就是爱,就是收获。远在他乡,和这些身患疾病被遗弃的孩子一起过大年,虽然没有年夜饭,也没有饺子,但是有孩子们的欢声笑语,足矣!

大年初一,清晨就被震耳的鞭炮声吵醒。起床后我去附近的病房给孩子们发压岁钱。家长们都推搡半天才收下,说话时也带着笑意,可是一旦谈到孩子的将来,声音就哽咽了,大滴的眼泪往下掉,拉着我的手不肯丢。我也哽咽着说不出话,都是为人父母的,非常能体会他们那种无助的心情。二楼病房住着的二十几户新疆家庭,他们都在医院过年,组织者米日古丽是和田地区墨玉县妇幼保健院的门诊主任,这趟来的二十几户新疆家庭都不会说汉语,在河南的生活和治疗全依赖米日古丽翻译。他们都是宋兆普院长免费救治的,新疆当地政府以后会分批返还医院部分治疗费，还给每个家庭每个月一千元的生活补贴，所以家长们不用承担任何费用。

出身中医世家的宋兆普院长在2003年创办了金庚康复医院，并积极参与慈善事业，目前医院共收治脑瘫患儿达2200多人，通过精细化的系统治疗，很多孩子可以正常走路、说话，有800多人趋于正常化，有500多人被国外家庭收养，健康快乐地成长着。他去年到新疆和田地区的墨玉县时，发现当地50多万的人口中居然有700多位脑瘫患儿，数量之巨让他非常吃惊。另外，洛浦县的患儿也有很多。据残联部门粗略统计，整个和田地区的脑瘫患儿足有2000多名。听到消息赶来看病的维吾尔族孩子和家长们站了满满一条街，都是太贫穷、太可怜的孩子，那些家长一见到宋院长就开始哭，由于语言不通，只有眼泪才能表达他们的绝望和悲伤。当听说孩子们有希望经过系统治疗康复时，家长们都哭着围住他，久久不愿意离开。他被维吾尔族家长们的纯朴、热情深深打动。虽然贫困，但每到一家，维吾尔族家长都用最好的水果点心招待他，并送以维吾尔族花帽——这是招待贵宾的最高礼仪。他既感动又难受，决心为这些家长多做些事情，不仅把一批患儿接到汝州免费救治，还在和田地区建立了金庚脑瘫康复中心和残疾儿童康复中心，把传统中医康复的技术传到新疆，彻底解决当地的患儿们看病难、看病贵的困难。宋院长深情地说："我是1988年入党的老党员，也是汉族医生，我把孩子们的病免费治好了，那些维吾尔族家长就会非常感谢党和政府，就会宣传党和政府的好政策，对新疆地区的民族稳定工作也会起到很好的作用。"

印度教里有一种说法，人有一种未卜先知的器官，就是第三只眼。这是一种隐藏的视力，它象征着开悟，是智慧之眼，能够透视世间万象。对于一个作家来说，更需要一双这样的眼睛，那是心灵的内视，是洞察世界的慧眼。一个优秀的作家应该是通灵的人，更要有一颗自由的心，感知生活，认识生活，发现生活，找到想象力得以腾飞的领地，找到让心得以安顿的家园。

我来到金庚医院这段时间，已经被大家当成了朋友，会有人敲门送来食品，送来热水壶，还有各种各样虽然语言不通却仍然温暖的维吾尔族朋友的笑脸。对我的采访，大家都像朋友一样坦诚相待，他们纯朴、单纯、善良，每一个家庭的故事都让我分外感动，白天采访，晚上记录，忙碌而美好。

初四下午，我带着几位患儿妈妈一起去电影院看周星驰导演的《美人鱼》。心底的快乐大过电影带来的感动。有一位妈妈说，这是她平生第一次进电影院看电影，非常高兴。我也为能帮她们从烦琐焦虑的日常生活中解脱出来两个小时而感到快乐，愿她们在记忆中留住这两小时的快乐时光。晚饭后，米日古丽打来电话说他们在新疆大病房组织了舞会请我参加。我带着三楼病房的汉族妈妈们一起去学跳新疆舞。真是被新疆人民乐观的天性所感染！虽然都是脑瘫患儿的家长，虽然过年期间因路途遥远无法回家探望亲人，但新疆的妈妈爸爸们都穿得整齐漂亮，丝毫不影响他们在这一时刻起舞的热情，不影响他们优美的舞姿，更不影响他们脸上热情洋溢的笑容。有一位腿有残疾的名叫“健康”的爸爸，抱起至今还不会坐的脑瘫女儿一同起舞，女儿在爸爸怀里一直笑着，爸爸则用各种大幅度的动作跳着舞，转着圈，悠着胳膊。看着这对欢乐的父女，我的泪水不由夺眶而出。

在残疾人这一社会弱势群体中，脑瘫患儿属于最弱势的群体。在采访中，我了解到脑瘫康复治疗是一个循序渐进非常漫长的过程，患儿家长及患儿必须有坚持不懈的决心，积极主动地配合康复治疗，才能提高脑瘫患儿治疗的有效率，缩短住院病程，最大限度地改善患儿日常生活能力。在社会保障体系尚不健全的情况下，高额的医疗费用使众多家庭因病致贫、返贫，不少脑瘫患儿惨遭遗弃，不仅给遗弃家庭造成了心理伤害，也给社会造成了沉重负担。我身为一名作家，希望能够尽一己之力，给予脑瘫患儿更多的关爱，也让这个孤独的群体得到社会更多的包容和支持。

大年初八上午10点，医院一楼走廊的长椅上出现了一个被父母遗弃的孩子，这个三岁左右的孩子安静地躺着，身上裹了一张红毯子，头边放了一块饼干。宋兆普院长赶紧过去给孩子做检查，这个看上去干净漂亮的小女孩，却也是个脑瘫患儿，浑身软绵绵的像是没有骨头一样，不能竖头，更不能坐。随后，这位小女孩被医生抱到六楼的孤儿病房，成为这里的第355个孤儿。我看着这个可怜的弃儿，眼泪止不住地往下淌，深感命运的不公，又为有宋院长这样的人关心她而欣慰，更为社会保障体系的不健全而难过……宋院长对我说，河南脑瘫患儿众多，但很多脑瘫患儿只要在最佳的治疗时机接受救治，是可以恢复到和正常孩子一样的。但是在目前的社会保障体系下，高额的医疗费用对很多脑瘫患儿尤其是农村脑瘫患儿家庭来说，仍是个沉重的负担。不仅如此，一些脑瘫孩子长大成人后由于生活不能自理，或者童年时期惨遭遗弃，给他们的心灵造成很大的创伤。他希望，今后政府部门能够增加对脑瘫患儿的财政资金支持，拓宽多种救助途径，建立健全社会保障机制，共同关注、关爱这一弱势群体。

在金庚医院的每一天，心灵都会受到不一样的震颤。每次访谈结束，我总会向家长们道一声“谢谢”，他们也会回复我“谢谢”，即使是语言不通的新疆家长，也都会说这两个字。“谢谢”，多美的两个字，如花之谢，包含着一个生命对另一个生命的善意与尊重。

一个人的内心，要干净、真诚、坦荡，才能直面这个世界，并承担责任、解决问题，才能无悔于己。我在这里待的时间越长，越发现“深入生活、扎根人民”不仅有社会性，还有文学性。个人既往的生活经验是纵向的，视野相对狭窄，总会延续习惯的行走路径、固有的思维方式，没有机会扩充新的生活经验。而“深扎”的意义，就在于“深”，不是流于形式，而是真正地深入底层人民的生活中去，在生活中感知那种心灵的碰撞，在碰撞中寻找艺术的火花。这次在金庚医院的“深扎”，打开了我的眼界，让我窥见了人性难以理解甚至难以想象的一面，真正体会到了“母性”这个词的光辉。我要用手中的笔去记录、去追索，对社会人生做出重构，寓喻人生的真相。

科幻小说《三体》中，三体人用光子从粒子层面锁死了地球人的基础科技，导致地球文明再也不能进步。作家也一样，不能被身边的庸常“锁死”了自己的视野，不去了解“视界”之外的情况，而一旦真正地走出去，走到人民的生活中去，也就拥有了迥然不同的风景。此时，再用当代作家独特的角度，以这个时代的方式，去生活、去观察、去思考、去写作。

那时，天空虽然仍然一无所有，但这天空已有了新的意义。

古来燕召地，今有甘棠风

孟红梅

秋天的田野，寥廓高远。

没有风，树叶仍要从枝头飘落，在路上积了一层，随便捡起一片，平淡无奇。因为它落在了三千年后的今天，落的不是时间，所以注定是片没有故事的树叶。如果在三千年前飘落，落在正在建设夯筑的城墙中，命运就大不一样了。

二十世纪六七十年代，发掘北京琉璃河遗址时，发现了一片压在三千年前城墙夯土层中的树叶。“依据这片树叶极有可能飘落在夏秋之季，综合大量史料及出土文物，我们推断出了修建这座城的具体时间。”在刚刚过去的国庆长假期间，我们专程采访了西周燕都遗址博物馆馆长关战修。他从这片树叶谈起，饶有兴趣地讲了三千年前的燕国以及琉璃河遗址的发现发掘。

“鼎天鬲地，受命北疆”

秋日，午后，西周燕都遗址博物馆。一名中年男子推着一位坐在轮椅上的老人，在冷清的展厅内参观。从相貌神态上判断，他们是一对父子。

让我们追随着这对父子的身影，将目光投向三千年前，投向另一对父子的身上，看看他们如何“鼎天鬲地，受命北疆”，“北漂”出一个“传奇”。

这一年，是公元前1045年。偏居西土周原的陕西人周武王姬发，通过发动牧野之战，率领大军攻入河南安阳，一举推翻了殷商王朝，建立了姬周王朝。新的政权建立后，为镇抚北方诸戎和殷商残余势力，维护北土安定，周武王封召公姬奭于燕。这件事，太史公司马迁在《史记·燕召公世家》有记：“召公奭与周同姓，姓姬氏。周武王之灭纣，封召公于北燕。”

然而，由于缺乏其他史料的佐证，太史公的说法不断受到质疑。不仅召公封燕这件事得不到确认，而且连“燕”在何处也莫衷一是。直到1964年在北京琉璃河意外发现一批西周青铜器后，“燕”的神秘面纱才被逐渐揭开。经考古印证，琉璃河遗址为西周初年燕国的第一个都城所在地，是周王朝初定天下时，中央政权分封在王国北疆唯一的姬姓诸侯国，是周王朝国家战略的重要组成部分。其特殊的地理位置与纯正的王朝血统，使燕国成为稳定北部边疆、融合多元文化的重要力量。

与此同时，司马迁所说的“封召公于北燕”的说法得到了证实，召公家族及其在燕国的贡献也渐次浮出水面。据专家考证，召公封燕后，并没在燕国长期停留，而是在接管燕国政权，镇抚北方诸戎后就返回了宗周，继续辅佐周王。但他对燕国的影响却是重要而深远的，司马迁在《史记·燕召公世家》最后总结道：“召公奭可谓仁矣……燕迫蛮貉，内措齐、晋，崎岖强国之间，最为弱小，几灭者数矣。然社稷血食者八九百岁，于姬姓独后亡，岂非召公之烈耶！”

当然，在燕国开创奠基时期，召公长子姬克的作为不可或缺。作为姬周王朝的“红二代”，姬克代父就封，是实质上的燕侯。他没有辜负父亲的厚望重托，励精图治，奋发图强，修建坚固的城池，发展农业生产，开辟连接中原、通往东北和蒙古草原的主干大道，使燕国从弱到强，迅速崛起，成为雄踞北方的大国。但它强而不霸，睦邻友邦，不仅发挥了“以藩屏周”的作用，更与其南方的齐、鲁、吴等国，拉起了抵御东夷入侵的防线，为统一我国北方、发展北方的经济与文化做出了重要贡献。

在此，值得一提的是，燕国早期开辟的这条主干大道沿太行山东麓自南向北延伸，是一条南北向的大动脉。它的走向基本上是今天郑州至北京的铁路走向。这条干道的北端在今北京城分为两支，东北方向出古北口穿越五陵地带通往松辽平原，西北方向出南口直入内蒙古草原，还有一条往东的沿燕山南麓通往海滨的通道。

太保鼎竟是温食器

这是 1986 年出土于琉璃河墓地的两件青铜器：克罍、克盉。上有铭文“王曰太保”等 43 字，大意是讲，周王褒奖太保，并册命燕侯，授民授土之事。

铭文中所说的太保即第一代燕侯召公姬奭。

史载，商王太甲以伊尹为太保。至周，周成王年少，以召公姬奭为太保，“掌佐天子，理阴阳，经邦弘化，其职至重”，监护与辅弼国君，与太师、太傅同为“三公”。

有周一朝，任太保之职的唯召公一人。他一生历文、武、成、康四代周王，不仅是燕国的开拓者、奠基者，更是西周初期杰出的政治家、军事家、思想家和外交家。我们查阅了大量史料，发现在周文王时期，召公就已作为“特使”巡行南国，为之后的武王伐纣创造条件。对此，朱熹如此评价：“（文王）徙都于丰……且使周公为政于国中，而召公宣布于诸侯。于是德化大成于内，而南方诸侯之国，江、沱、汝、汉之间，莫不从化，盖三分天下而有其二焉。至子武王发，又迁于镐，遂克商而有天下。”

周朝建立，召公与周公同心协力平息“三监”之乱，东征淮夷，消灭殷商残余势力，“内弭父兄，外抚诸侯”，使新生的周王朝度过了“若涉渊水”的困难时期；与周公分陕而治，主政陕以西，“甚得兆民和”；受成王命复营洛邑，建成四方交通枢纽和贡物汇集的理想之“中国”，使周人达到了从政治、军事上驾驭控制东方的目的。而召公对洛邑的规划设计思想——左祖右社、前朝后市也成为此后历代王朝营建都城所遵循的传统模式。

周成王病逝，临终托孤召公。召公受命辅佐康王，不仅为周朝的大一统立下了汗马功劳，更是稳住了周初纷繁复杂的政局，促成了周朝“成康之治”繁荣局面的形成，为八百年周朝基业奠定了坚实基础。

周康王二十四年，召公逝世，谥号“召康公”。因功勋卓著，地位尊崇，被尊称为“皇天尹太保”。

商周时期，人们有铸铜器作为祭器、礼器、食器的习惯。王公贵族所铸器皿绝大多数形体庞大，分量十足，纹饰华美。安阳殷墟出土的商代青铜器司母戊大方鼎就是最经典的代表。

无论从哪个方面看，召公都有资格、有能力为自己铸造大而华美的青铜器。而现实远非如此。现藏天津博物馆的太保鼎三千年来仍在诉说着其主人的俭朴勤勉。该鼎通高 57.6 厘米，口长 35.8 厘米，宽 22.8 厘米。相对于甚浅的鼎腹来说，四柱足尤为细长挺拔，使整个鼎显得极为高耸而有尊贵感。

“该鼎另一特色是，四柱足与鼎身不成比例，且长短不一。中部各有一个圆环，构造近同于罍形温食器。”关战修告诉我们，有关专家推测，此器小而便携，实用性极强，其独特造型应与召公生活习惯有关。史传召公勤政清廉，经常轻车简从，巡行听政于民间，倾听百姓呼声，为群众排忧解难。为了“不劳百姓”，召公“宁劳一身”，不仅因陋就简地在甘棠树下决狱断讼，还随身携带温食器，自给自食，克己奉公。

孔子的内心选择

孔子没有选择召公，他选择的是周公。但在内心深处，孔子选择的依然是召公。

《史记·燕召公世家》：“召公巡行乡邑，有棠树，决狱政事其下，自侯伯至庶人各得其所，无失职者。召公卒，而民人思召公之政，怀棠树不敢伐，哥咏之，作《甘棠》之诗。”此诗后被收入《诗经·召南》，诗曰：

蔽芾甘棠，勿翦勿伐，召伯所茇。
蔽芾甘棠，勿翦勿败，召伯所憩。
蔽芾甘棠，勿翦勿拜，召伯所说。

据考证，召公最初的采邑在召地，故历史上又称其为召伯或邵伯。

对于这首唱树思人的《甘棠》诗，孔子情有独钟，尤为重视，在其大半生的诗教生涯中，他评点最多的诗就是这首《甘棠》诗。在上海博物馆收藏的战国楚竹简中，《孔子诗论》60篇，用去20支竹简，其中5支是关于《甘棠》一诗的。

在书写不易的时代，孔子用如此多的笔墨，描写一棵树、一个人，可见这棵树、这个人在他心目中的分量与神圣。而事实也正如此，孔子曾对他的儿子说："吾于《甘棠》，见宗庙之敬甚矣。思其人，必爱其树；尊其人，必敬其位，道也。"把召公视为有德之人，敬于宗庙。敬树如敬人，爱人如爱德。思人爱树，尊人敬位。

我们在北京孔庙曾见到一棵古老的甘棠树，想必不是偶然，应是历史传统的选择。

孔子为何如此崇拜召公，历史给出了答案。

《尚书·周书》有多篇与召公有关。其中《召诰》集中体现了召公的执政思想。王国维考察殷周之际的制度变革，认为"此篇乃召公之言，而史佚书之以诰天下。文、武、周公所以治天下之精义大法，胥在于此"。

在这篇诰文中，召公以夏、商两代为例，指出他们虽都是接受天命而立国却不能延长国祚，其主要原因就是他们的末代君王"不敬厥德"，暴虐百姓，导致"天亦哀于四方民"转移天命。所以统治者不仅要"敬德"，更要"保民"。对百姓当以教化为先，不宜滥用刑罚，不要以暴虐杀戮的办法来治理国家。

召公所谓的"德"不仅仅是对百姓行仁政，更是在上位者的道德修养。《旅獒》讲了这样一个故事。周武王灭掉殷商之后，很多蛮夷之国都以进贡的方式送来了当地的土特产。其中，西方一个名叫“旅”的偏远之国，送给周武王一只大犬。武王欣然接受，召公写下《旅獒》，以之对武王进行政治劝谏，指出“明王慎德，西夷咸宾”，提出“玩人丧德，玩物丧志”等以德服天下的思想观点。

在多次反复强调统治者“不可不敬德”的同时，召公还从正反两方面总结了夏、商两朝治国的得失成败，提出了“我不可不鉴于有夏，亦不可不鉴于有殷”的著名观点。告诫周天子，殷商之所以由盛而衰，走向灭亡，正是由于统治者的日益腐败和脱离群众。要巩固建设新生的政权，应当“时我”“惟人”，依靠自己，因为“天命靡常”“天不可信”。

此外，召公尤其强调王及各级官吏的率先垂范作用，他认为只有王及各级官吏清廉勤政，“上下勤恤”，给百姓树立良好的政治形象，才能达到“祈天永命”的目的。

春风处处有甘棠

唐代诗人刘禹锡有诗：“从发坡头向东望，春风处处有甘棠。”几千年来，“甘棠”成为循吏美政的符号，“甘棠遗爱”演化为执政者向往追求的最高境界和崇高理想。据不完全统计，历代赞颂召公、甘棠的诗作多达3000余首，作者不乏李白、杜甫、白居易、范仲淹、王禹偁、苏东坡等大家。他们在诗中借甘棠咏召公，希望像召公那样，尽施所能，为自己治下的百姓带来幸福安康的生活。诗歌之外，现实之上，与甘棠、召公有关的地方不一而足。至今全国各地与召伯、召公、甘棠相关的地名、水名等有130多个，可谓天下处处有甘棠。

“这些诗作我都要搜集整理出来，这些地方我都要一一走过。”召公文化研究中心主任吴启民说。17年来，他放下家业，全身心投入召公文化的挖掘与研究。不仅捐资亿元，在河南三门峡原召公祠遗址上重建了一座占地1.3万平方米，以召公甘棠为主题的甘棠苑，还广搜文献资料，遍访专家学者，资助学者开展召公研究，引起了国内外众多有识之士的关注与支持。在他的努力下，甘棠苑成立了中华文化促进会召公文化研究中心，建成了河南省和三门峡市两级纪委挂牌的廉政教育基地。

史载，召公与周公“分陕而治”之“陕”指的就是三门峡。陕以西召公主之。今陕西之名即源于此。正是因为这个渊源，至少从周代起，三门峡地区就有崇祠召公的风尚。经汉至唐，达到鼎盛。《全唐文》收录有唐人崔教所撰的《邵伯祠碑记》一文，记载唐德宗贞元九年(793年)，姚南仲充任陕虢观察使，纪念并效法西周先贤召公奭治理陕以西的业绩。重修召公祠，栽种甘棠树，告诫地方官员以召公为楷模，勤政爱民，秉公执法，维护公平正义。其时，“鬼才”李贺的父亲李晋肃为陕县令，他“虔奉新政，恭惟昔贤”，请崔教将此事记录下来，并刻石立在召公祠里。如今，1200多年过去，召公祠碑早已荡然无存。吴启民“请刻石书”，重新做了一通，竖在甘棠苑内，“以慰余俗”。

甘棠苑东百公里处有个甘棠村，隶属河南省洛阳市宜阳县。该村有“召伯听政处”碑一通，为清雍正年间河南府尹张汉题写，时任宜阳知县郭鼎所立。近20年来，甘棠村村民张长升等，自发义务护碑，挖掘整理资料，在当地政府的重视下，

“召伯听政处”成为当地的历史文化景观。此外,在陕西省岐山县凤鸣镇刘家塬村,有一棵数百年的甘棠树,相传为纪念召公在甘棠树下决狱治事栽植。树旁立有石碑,分别为“召伯甘棠图题记”和“重刻召伯甘棠图碑记”。近年,刘家塬村村民集资 6 万元在村口建起了一座高约 5 米的照壁,上面雕有甘棠树图案及文学著作中描述甘棠和召公的诗句。

“召伯甘棠”的故事同样在江南地区流传。永州上甘棠村是湖南省迄今为止发现的年代最为久远的古村落,该村保存的明代所修《永明周氏族谱》中有“吾甘棠,召公驻节过化之乡”的记载。江苏省扬州市江都区有邵伯镇,别称“甘棠”或“邵伯埭”,因东晋政治家、军事家谢安在此筑埭造福于民而得名。镇北有座建于明洪武三年的甘棠庙,又称邵伯庙。明嘉靖十八年(1539 年),日本遣明使策彦周良入明,把访问经历写成诗文集。在其《初渡集》中,他不仅详细描述了邵伯庙景象,还作《邵伯庙》诗一首:“邵公所憩有祖堂,古往今来慕德香。意足不求遗像肖,居民千载拜甘棠。”

“深扎”,给了我文学自信

张中民

俄国文艺理论家车尔尼雪夫斯基早就说过这样的话:“艺术来源于生活,却又高于生活。”后来我国许多文学前辈们也经常用自己的亲身经历和实践经验反复阐述这样的写作真理:文学要来源于生活,并高于生活。作家一旦脱离人民和生活,写出来的作品就是无源之水,没有筋骨,缺乏血肉,这样做的结果无疑是缘木求鱼。这话同时也告诉我们每一个文艺工作者,优秀的文艺作品绝对不是闭门造车凭空想象出来的,而是深入生活的结果。试想,一名优秀作家要想创作出优秀的文艺作品,如果不是来源于生活,又怎么能创作出高于生活的优秀作品呢?

翻开中国现当代文学史,我们就会清楚地看到许多这方面的优秀典型。丁玲早在新中国成立前就到陕北体验生活,创作出的长篇小说《太阳照在桑干河上》,先后获得斯大林文艺奖金,并被翻译成多种文字。柳青为了创作,到陕西省皇甫村一住就是 14 年,和当地群众同吃同住同劳动,认真体验并观察他们的生活,创作完成了一部气势恢宏的史诗巨著《创业史》。写出《李家庄的变迁》《三里湾》等长篇小说以及《李有才板话》《小二黑结婚》等中短篇小说的山西作家赵树理,也是深入人民、深入生活的先进典型。再如创作出史诗巨著《白鹿原》的陕西作家陈忠实,更是把大量精力用在了研究历史和深入生活上。以《人生》蜚声文坛的陕西作家路遥为了创作《平凡的世界》,先后到学校、煤矿等地体验生活,才有了不朽的经典。再如新华社记者穆青深入兰考采访后撰写的优秀作品《县委书记的榜样——焦裕禄》。还有张炜,深入生活,足迹踏遍山东胶东半岛,创作出了十卷本史诗巨著《你在高原》。关仁山近年来一直深入农村,创作出了《天高地厚》《麦河》《日头》《金谷银山》。第九届茅盾文学奖获得者李佩甫多年深入生活,坚持平原书写,创作了《城的灯》《生命册》等。邵丽创作了一系列与深入生活有关的"挂职笔记"等。

然而随着社会的发展和变化,少数作家在金钱和利益面前迷失了自己,创作出一些脱离生活、脱离人民的文艺作品,偏离了文学的发展轨道,在社会上造成了不良影响。正是在这种情况下,习近平总书记看到了问题的症结所在,2014年10月15日,习近平总书记在北京主持召开了文艺工作座谈会并在会上作重要讲话。习总书记在讲话中深刻阐述了文艺和文艺工作的地位作用和重大使命,创造性地回答了事关文艺繁荣发展的一系列带有根本性、方向性的重大问题,对在新的历史条件下做好文艺工作做出了全面部署。他在讲话中指出,实现中华民族伟大复兴需要中华文化繁荣兴盛,中国精神是社会主义文艺的灵魂,要创作无愧于时代的优秀作品,坚持以人民为中心的创作导向,加强和改进党对文艺工作的领导,对繁荣发展社会主义文艺,建设社会主义文化强国具有重要指导意义!

为深入学习贯彻习近平总书记这一重要讲话精神,河南省委宣传部高度重视,迅速做出决定,明确提出了"深入生活、扎根人民”的口号，号召全省广大文艺工作者都要紧紧围绕习近平总书记这一重要讲话精神，积极投身到火热的现实生活中去，扎根人民群众，认真创作出一批积极向上，有筋骨、有血肉、有温度的文艺作品，弘扬正能量，传递好声音，更好地为把我国建设成为社会主义现代化强国而努力！

正是在习近平总书记和省委宣传部的号召下，我作为一名省直文艺工作者，有幸于 2015 年、2016 年连续两年参加了这一“深扎”活动。通过“深扎”学习，我端正了思想，提高了认识，明确了目标，坚定了理念，增强了信心，为今后更好地从事文学创作打下了坚实的基础，并在两年的“深扎”活动过程中，创作出了一批自己较为满意的文学作品，先后在国内一些文学期刊发表。

2015 年，我“深扎”的地方是一家金融单位——平顶山银行。这是一家 2008 年 6 月份才挂牌成立的股份制商业银行，起步晚、底子薄、基础差，然而该行理清思路，找准目标，大胆改革，锐意进取，突破瓶颈，迅速崛起，在短短几年时间内就实现了建档升级、名称变更、开办分行、跨区域发展、资产连续翻番的目标，在服务城市居民、支持地方经济建设方面做出了突出贡献，成为金融豫军的一支新生力量，先后获得了国家、省、市有关部门的表彰和奖励。我感动于该行的奋斗精神，震惊于他们的发展速度，所以我在那里“深扎”的过程中，经常和他们一起工作，观察并体验他们的生活，尽自己所能帮助他们搞好企业文化建设，同时也创作出了一些文学作品，得到了他们的好评。

2016 年，我转移方向，把“深扎”地点从城市换到农村，选在了新农村建设和新型社区建设方面比较优秀的平顶山市郏县冢头镇陈寨村(后改名为龙湖社区)。这是一个典型的平原乡村，地处偏僻，信息闭塞，受各种因素的影响，过去一直是远近闻名的贫穷村和落后村。2009 年 6 月，郏县城关乡工商所所长的徐克俭，主动放弃县城优越舒适的工作和生活环境，甘愿回到家乡陈寨村担任大队书记，开始了他一驻就是多年的驻村书记生涯。徐克俭果敢刚毅，克己奉公，不等不靠，主动出击，首先自掏腰包租大巴车带领 28 名群众到鄢陵、潢川等地外出考察，回家发展苗木种植，短短的两三年时间内就给村里带来了年收入 500 多万元的经济效益。为了改变过去脏、乱、差的村容村貌，解决群众土地面积少的问题，他重新规划新村建设，拆掉旧村老房屋，把大量空余闲置的土地腾出来，大搞新农村建设。同时依托当地汉代文帝孝母“亲尝汤药”的孝义文化，大力挖掘孝义历史，修建慈善堂、孝义亭、母仪桥、伺母像等与孝道有关的文化设施，大打孝心牌，先后在村里多次举办“晒被子”“好媳妇”评选，连续举办每年一届的“洗脚节”等一系列与孝有关的文化活动，把孝心文化带进家家户户，使全村群众感受到了浓浓的亲情，既和睦了家庭，也和谐了社会，收到了良好的社会效果。该村先后被授予“中原孝心村”“中华孝心示范村”等荣誉称号，徐克俭本人也多次被评选为“感动鹰城十大新闻人物”“河南省十大最美村官”“平顶山市劳动模范”“河南省优秀共产党员”等。以徐克俭为人物原型，并根据他的先进事迹编排的大型豫剧《驻村书记》一举获得了河南省第十一届精神文明建设“五个一工程”奖，他也成为远近闻名的新闻人物。他的身上有许多闪光点，有故事可挖，有许多值得人们学习的地方。通过在那里“深扎”学习，我发现了许多创作素材，为今后的创作坚定了信心，打下了基础。

在这两年的“深扎”过程中，我先后在《莽原》《红岩》《作品》《广州文艺》《当代小说》《小说林》《滇池》《奔流》《新疆文学》《陕西文学》《大观》等杂志上发表了一批中短篇小说，有的被收入选集和年度选本。我觉得，所有这些作品的发表都与“深扎”有关，是“深扎”的结果，同时一些结合“深扎”体验的长篇小说也正在积极创作之中。

“深扎”给了我文学自信，“深扎”让我找到了创作源泉。文学离不开人民，生活是最好的老师，结合两年来的体会，我深深明白了“深扎”的重要性，因此，今后只要省里有关部门举办“深扎”活动，我还会积极参与，一如既往地深入生活、扎根人民，以自己的实际行动创作出无愧于人民和时代的文学作品，来回报省委宣传部和省文学院的殷切希望！

这些生命中刻着“石油”的人

蒙　蒙

一

2016 年 7 月，我到河南油田一线单位“深扎”，随他们的队伍来新疆。这里有他们的一个工区——春光油田。不知不觉，到了中秋节。这天，我忽然想，在井站上过中秋夜，该是一种什么样的体验？

9 月 15 日晚上 7 点，我随王世崇坐上值班车，来到排 2—40 井站接班，从今晚 8 点到明早 8 点，是他的值班时间。

这天夜里，王世崇给我留下一句印象深刻的话。他说：“今夜，月亮像一个大银盘，挂在井场边那棵胡杨树的树梢上。”这是王世崇在电话中向妻子描述当夜场景时说的话。

这天夜里，能听到妻子的声音，王世崇很意外。电话是通过值班室的座机打来的，座机没有来电显示。

排 2—40 井站距春光采油管理区基地有十多公里。站上管理着两口油井，每班只有一名职工在这里值守。

一年前的今天，王世崇还坐在河南油田通信公司的办公室里，习惯性地做着全家人共同赏月的计划。今年初，国际油价大跌，石油行业遇到生产经营“寒冬期”，这个“寒冬期”对王世崇产生的直接影响是，他不得不告别后勤单位舒适的工作环境，报名转岗去新疆采油厂，做一名采油工。

当初，对于王世崇的转岗决定，妻子是反对的。妻子是南阳市一所中学的教师。她说："人过三十不学艺。你已经48岁了，到新疆从事新的工作，能适应吗？更何况，儿子要参加高考，现在正是关键时期，你应该陪在身边。"

2015年4月，妻子含着眼泪，将王世崇送上了西行的列车。

王世崇到新疆后，每个星期都要与妻子通一次电话。一次，妻子听到王世崇即将到一个单井点工作，忍不住哭起来。她说，听人说单井点的条件很艰苦，井场四周只有一望无际的梭梭林。不少井场上，手机接收不到信号，守井的人想家时，就拿着手机在梭梭林里转悠，走到哪个地方，手机有了微弱的信号，守井人就会做个标记。于是，不管是白雪皑皑的冬季，还是蚊叮虫咬的夏夜，想念家人的守井人都会去那个地方打电话。

王世崇告诉我，刚到新疆时，他接触到了一些老采油工，也从他们那里听到不少西部的故事。

有人说，这里的一些单井点，方圆几十里没有人烟，所有的物资都要靠车往里送。冬天，遇到大雪封路，员工只能靠有限的食品度日，特别是遇到停电，守井人只好跑到井口保温箱内，熬过漆黑的长夜。

还有人讲，一位员工在单井点上过了一年多时间。一天，他午饭后休息时，意外地看到了离井场不远的棉田里有十几个人影在晃动。他激动坏了，一路小跑来到了棉田的田埂上。兴奋地向棉农们喊："老乡们，我给你们唱首歌吧。"他放开歌喉，一首接一首地唱了起来。一位棉农好奇地问他："兄弟，你没事吧?”

经过半年的采油工生涯,王世崇发现守井其实没有那么可怕。油田各级组织一直关心西部职工,今年还建设了甘家湖生活基地,采油工的工作生活条件在一天天改善。

可是,今天不同,今天是中秋节。

到了井站,天还没有黑透,王世崇例行检查一遍。排2—40井站管理的两口油井,间距两公里。王世崇走在连接两口油井的小路上时,天色渐渐变暗,王世崇的身影渐渐融入一片夜色之中。这条小路,是新疆建设兵团123团11连战士50年前修造的。这些战士和王世崇一样,都来自中原大地。50年前的兵团战士在长满骆驼刺的盐碱滩种下希望,50年后的他盼望着在寂寞的坚守中收获梦想。

一小时后,王世崇的身影在夜色中浮现出来。他完成了巡井工作,回到了值班房。之后,他有一搭没一搭地跟我聊几句,或者找些修椅子、擦窗子的小事情做做。后来,没话题聊了,也没事情做了,他就坐在那里发呆。

晚上10点,春光采油管理区副经理马海龙来到井场。他对王世崇说:“你一个人在这里值班,辛苦了。希望你再接再厉,为咱们春光油田原油上产做出贡献。”

领导又去了其他井站。领导的肯定让王世崇有了一种成就感,思乡的情绪明显缓解。

就在此时,值班室的电话响了,熟悉的声音传来:“老公,节日快乐!”节日问候之后,话题自然而然地转向了两地的月亮。

王世崇这边,月亮是这样的——今晚的她十分调皮,穿梭在胡杨树的枝叶间。王世崇走在巡井路上时,她又蹦又跳一路跟随。到了井场，她给抽油机披上了一层银装，让人有种身处童话世界的感觉。

妻子那边，月亮是这样的——冰清玉润的她，挂在王世崇家院子的上方，万道银丝洒在一家老老少少身上，全家人其乐融融。

“月圆，饼圆，月饼圆；人圆，脸圆，人脸圆；心圆，眼圆，想你的心更远。”这是王世崇上班前收到的祝福短信。值班室外，雨仍然没有要停的意思，看来这个中秋节是见不到明月了。他拿出食堂准备的月饼，甜甜地嚼上一口。

我知道，这一天，在家乡南阳，也是一个阴天。但是，王世崇听到妻子在电话那头描述家乡的月光，却没有道破。我想，也许是他觉得，今晚，应该有那么一轮美丽的月亮，高高升起在他们的世界里。

二

“深扎”期间，我追寻着石油的脚步，到过南疆的巴音郭楞蒙古自治州，也到过北疆的伊犁哈萨克自治州。

在北疆的戈壁滩上，我最常见到的植物就是梭梭树。

这些梭梭树，很不起眼。干裂的树枝、弯曲的树干，谁也不知道它在环境恶劣的戈壁滩能存活多久。可它竟然蓬蓬勃勃地生长起来，在新疆甘家湖长成亚洲最大的一片梭梭林。一丛丛梭梭树保持着战斗的姿态，用自己的身体，阻挡着肆虐的风暴，守护着西部干裂的土地。

戈壁滩上，还“长”着石油人的井站。它们散布于这片梭梭林深处。这里，摇曳生姿的梭梭树映照着井站的孤独，偶尔出没的野生动物增添了守井人生活的枯燥。

深夜，梭梭树间，野狼的嗥叫隐隐约约；清晨，井站的墙角，狐狸的蹄痕清晰可见。这里比较常见的，是草鳖子、蝎子等毒虫，因为它们，守井人每天不得不穿上高筒工靴，用细绳扎起袖口。

在这里，守井人保持着他们的快乐。

晨曦初露，井场的高架罐上，站着58岁的采油工党建勋。他正在向远处眺望，目光越过茫茫天山。这时，歌声自他的嘴边流淌而出：“达坂城的姑娘辫子长啊，两个眼睛真漂亮……”这里是新疆采油厂的春光油田排10区块的春106井站，在梭梭林的深处，与美丽的达坂城相隔千里，却没有长辫子姑娘。

守单井的工作日复一日：巡井、量油、计算产量，观察柴油机、抽油机运转情况，填写上报数据资料等。简单且重复的工作，党建勋却干得有滋有味。

保养抽油机时，他哼“革命人永远是年轻，他好比大松树冬夏常青”；巡井时，他唱“锦绣河山美如画，祖国建设跨骏马”；休息时，他到井场外面的梭梭林中，在音乐的伴奏下，自唱自跳，收养的小狗是他忠实的听众。

党建勋爱写诗，写了厚厚一大本。他在诗中抒发自己守井的情怀：“梭梭林里守单井，甘家湖畔思故乡。”

每天来访一次的油罐车，为小站带来一段热闹的时光。拉油车司机常常成为诗中的主角：“大年初一雪绒花，高架罐上把话拉。放油技工叙情谊，拉油师傅乐开怀。”

丁光辉也是一位快乐的守井人。

在春光采管区甘家湖生活基地，采油工丁光辉正在展示一种“打花棍”的技艺。道具是三根细木棍。他手持其中的两根，要弄着第三根木棍上下翻腾，要出各种花样，偶尔手腕一挑，将木棍抛向十几米的高空再接住。

丁光辉2015年从河南油田水电厂转岗到新疆采油厂，先后在春98、春63、春27－2等偏远井站驻井。转岗前，丁光辉正被严重的颈椎病困扰，曾进行过小针刀、理疗、针灸等多种治疗，花了不少钱，却没有明显好转。到了晚上，病痛使他睡不着觉，他经常抱着被子靠墙坐着。后来，在网上看到这个“打花棍”的方法，他产生了兴趣：“小木棍，梭梭林里到处都是，很容易找到。”于是，每天工作之余，他就开始练习“打花棍”，渐渐地，他的技艺越来越高，既排遣了守井的寂寞，又锻炼了身体。不知不觉，他的颈椎病也消失了。

在南疆的博斯腾湖边，我最常见到的植物就是芦苇。

芦苇秆茎瘦弱而修长，宛若纤纤的少女，仿佛随时都有被博斯腾湖上的大风折断的可能。可是，它们竟然也不可遏止地生长起来，在博斯腾湖边长成数十万亩芦苇荡。它们密密匝匝，连成一片绿色的海洋。一阵风吹过，芦苇荡波涛起伏、连绵不断，十分壮观。

博斯腾湖边，也“长”着石油人的井站。刚进入春季，新疆采油厂本布图3号计量站里，一场又一场“人蚊大战”为这里增添了一分热闹。

芦苇林中，滋生着无数的蚊虫。每天早晨和晚上，“花斑蚊”就倾巢出动；艳阳高照的中午，“小咬”漫天飞舞。工作一忙，守井人干脆放弃了防护，只有感到蚊虫在叮咬时，才偶尔挥动手套驱赶一下；驱赶不走，就任凭蚊虫隔着工装往身上叮。

在这里，守井人仍保持着他们的快乐。

又是一年春耕时，刘恩昌在工作之余，开始在站内一隅的菜地上忙碌了，拉土、翻土、浇水、施肥、栽苗。菜地面积不大，却种了西红柿、辣椒、黄瓜、豆角、韭菜、大葱、西瓜等八九种蔬菜水果。他说，在这里种菜种果，解决了偏远井站后勤供给不及时的问题，保证了守井期间有新鲜蔬菜水果吃。每天，看着蔬菜茁壮成长，他心里有种说不出的快乐。他说：“这真是一种陶冶性情的好办法呀！”

樊庆军是本布图 3 号计量站的另一位守井人，他是个“文艺男青年”，擅长吹奏竹笛和葫芦丝。当 3 号计量站沐浴在余晖中时，一阵悠扬的《铁血丹心》笛声从宿舍飘出，飘过站内欢快运转着的油井，飘过一丛丛摇曳的芦苇林，飘过水波荡漾的湖面。在优美的旋律中，守井人所有的烦闷都会烟消云散。

樊庆军还是一位摄影爱好者，沿着湖堤巡视的时候，常常为这里的美景所陶醉。他把这些景色用手机拍摄下来发到朋友圈，与单位的同事分享，和远方的亲友互动，感觉生活又变得多姿多彩起来。

党建勋的一句话，代表了这些快乐的守井人的心声。他说：“阳光心态是快乐工作的前提。对自己所从事的工作，我们只有投入热爱，才会有饱满的激情和十足的干劲。”

北疆的梭梭树、南疆的芦苇，本都是弱小的植物，因为顽强，它们在西部找到了自己的土壤，展现出别样的美丽。西部的守井人本都是平凡的人，因为坚守，他们在这偏远的井站拥有了自己的快乐，找到了事业的支点。

三

2017年3月，我从新疆回到河南省南阳市，继续我的“深扎”。

在河南油田采油一厂，我了解到这样一个情况：近年来，国际油价断崖式下跌，石油行业遭遇生产经营“寒冬期”。因此，河南油田采取了一系列的调整措施。其中一个措施，就是压缩后勤单位人员编制。一大批原来在后勤单位过惯了安稳日子的人，不得不在即将退休的年龄，来到石油生产一线，拿起管钳，做了采油工人。

在这里，我认识了采油工赵晓刚，他给我讲了这样一个经历。前几天，他走进管理区大院，这时，从宿舍楼一个角落传出的几句私语，让他好像成了一个霜打的茄子。“油田啥好事都让他们这帮人给占了！”“油田在最红火的时候，他们在后勤单位享清福，过天堂般的生活。现在油田效益不好了，他们又来咱们这里抢饭碗……”

现在提到这件事，赵晓刚还是愤愤不平，他说：“在水电厂当小车司机20年，我哪一天混日子了！每两年举办一次汽车驾驶员技术比武，我赵晓刚从来都是第一名！”

我问：“既然你在原单位那么优秀，为什么转岗来做采油工呢？”

赵晓刚叹了一口气告诉我，转岗前那段时间，在原单位，他几乎被“亏损企业”“转变观念”“转型发展”这样的字眼塞满了耳朵。回到家，赵晓刚和妻子的对话总是这样展开——“孩子还小……”“孩子上学需要钱……”“老母亲年龄大了……”“赡养老人需要钱……”

赵晓刚知道，自己面临着选择：要么到一线新岗位上去闯一片新天地，要么在工作量不饱和的原单位干耗下去。

第二天，他拎了一桶水，仔细擦拭他心爱的汽车。每次擦车，他都边擦边听车上音响飘出来的音乐。那一首《山歌好比春江水》再次触动了他。歌中唱：“山歌好比春江水，不怕滩险湾又多……”赵晓刚说，自己真的遇到“弯道”和“滩险”了。

那一天，赵晓刚回到家，在床上躺了十多个小时。他睡不着，就是静静地躺着。

我了解到，近几年，油田对于一些效益不好的单位的员工，除了让员工向一线单位流动，另一个措施就是鼓励员工同单位协议解除劳动合同。我还认识了一个人，她的名字叫张正。前几年，她和单位办了协议解除劳动合同。之后，她做了油区的一名环卫工人。我是通过她的徒弟认识的她，徒弟叫她师傅，我也就叫她师傅，后来就一直沿用了这个称呼。

第一次见她，谈了约半个小时。后来，她因故提前离开，交谈中断了。巧的是，过了几天，我在马路上晨跑，又遇到了她。当时，天蒙蒙亮。马路上，师傅的脚步啪啪作响。马路上也有一些跑步的人，人家是在晨练，穿得很休闲，跑得很轻松，只有师傅身着环卫工人的信号服，扛着扫帚，跑得气喘吁吁。

我问她，着急去哪里？她回答说，儿子快醒了。

我已经大概知道了师傅的情况。师傅年龄其实并不大，不到 40 岁，她儿子今年 4 岁。儿子是师傅的骄傲。他在幼儿园是老师经常表扬的对象。有一天，儿子放学回来，趴在桌前画画，那是老师布置的作业。师傅做好饭，喊儿子来吃。儿子神情专注，一笔笔精描细绘，仿佛没有听到一样。第二遍喊儿子时，师傅说："画得可以了。"儿子头也没抬，一本正经地说："不干就不干，干就要干好。"师傅听了这话，感到有些好笑，因为这是师傅常说的一句话。师傅把这话当成儿子的故意模仿。他这么小，还挺有幽默感呀。

师傅曾经对我说："咱的儿子，像咱！不干就不干，干就要干好。"

师傅的责任区是商户集中的路段，人流量大，垃圾多。师傅这边还没打扫清爽，那边又落下路人随手扔掉的垃圾。刚到这里工作时，劳动不出成果，让她感到泄气。后来，师傅虚心向同事请教、学习，掌握了不少清扫保洁作业技巧。渐渐地，工作效率提高了，保洁质量也上来了。师傅清扫路边时，总是弯下腰，用手把雨水箅子缝隙中的杂物清除掉。这样，就算下雨，师傅的责任区也不会积水，也能保持整洁清爽。师傅工作岗位的性质属于公益性岗位，收入不高。有人说，师傅的努力对得起这份工资了。师傅说："不干就不干，干就要干好。"

那天，我跟着师傅跑。师傅说："得快些跑！不然儿子要迟到了。迟到了，老师会批评。"儿子是宝贝，师傅可以自己受委屈，但不能让儿子受委屈。

师傅告诉我，有一天，师傅还是察觉到儿子不高兴。那一天，师傅在文体中心附近打扫卫生，看到幼儿园在露天舞台彩排节目，师傅知道歌舞表演《开火车》里有儿子的戏份，就凑过去，站在台下为儿子加油。晚上，孩子一进家门，第一句话就说："妈妈，你换个工作吧！"师傅知道了，儿子在舞台上看到自己，却不敢当着同学的面认自己这个"扫大街的妈妈"。

儿子虽然年龄小,但爱面子。师傅想对孩子说:“啥工作都得有人干,如果大家都不干环卫工作,油区的环境会有这么干净美观吗?”又一想,他毕竟是孩子,这些事情怎么跟他讲得清楚呢?

师傅心情郁闷时,就找在外地的丈夫说说话。师傅的丈夫是油田建设公司的技术员,一年到头都在外地施工。丈夫在电话里说:“把工作辞了吧,在家多陪陪儿子。”师傅知道丈夫在外打拼很辛苦,不能让他操心家里的事。她答应了丈夫,还对儿子说:“妈妈不扫大街了。”

师傅骗了丈夫,也骗了儿子。那天以后,师傅每天 4 点半起床去打扫卫生,这样可以趁儿子醒来前回到家。

每天起床后,师傅轻手轻脚地穿好工装,拿上工具,把门反锁上,骑着自行车去负责的路段干活。师傅一边干活,一边想着儿子,怕他醒后发现妈妈不在身边会大哭大叫,也怕他一个人在家发生意外。于是,干完活,师傅便飞快地骑上自行车往家赶。回到家,师傅先到卧室看一眼儿子。看到他尚在香甜的梦中,她才放心地坐下来休息。

可是今天出了意外。其实,今天是师傅的休息日。可是 4 点半时,师傅却习惯性地醒了。刚下过一场雨。雨水箅子被堵没有?会不会积水?这个担心让师傅在床上躺不住了,她穿上雨衣,拿着撮斗和小扫把,走出了家门。一番清扫后,师傅出了一身汗,浑身畅快。干完活,却发现自己锁在路边的自行车不翼而飞了。

师傅急了。天这么早,什么贼这么“勤奋”!于是,师傅跑起来了。

我陪着师傅跑。师傅跑过五一路,跑过嵩山路,又跑过中原路，向着自己家的方向跑去。师傅跑不动了，她捂着肚子歇了两分钟，又接着跑。她说，半年了，儿子也没有发现妈妈的谎言，今天，她也不想让儿子发现妈妈的秘密。她不能让儿子发现自己仍是“扫大街的妈妈”，她不想让儿子有低人一等的感觉。师傅不想放弃这份扫大街的工作。有了这份工作，师傅的家里就多了项收入，生活就会越来越好，丈夫在外面打拼也不用太辛苦了。

我心里五味杂陈，对师傅说：“对！师傅，你快些跑！”

四

在河南油田，我还认识了一些退休工人。

有一天，我在河南油田双河社区双中小区见到了 91 岁的杨习斌。杨习斌目前已经不能自由活动，语言能力也在退化。坐在轮椅上的杨习斌正在学习《中国共产党章程》，因眼神不好，老人便要儿子杨广平读给他听。杨广平说，父亲每天都要自己为他读《中国共产党章程》。

听到杨广平的介绍，我想起了前几天认识的另一位退休工人李功福。退休后，李功福自费订阅《人民日报》，每天坚持学习 3 个小时左右。作为一名有 30 多年党龄的老党员，他通过阅读《人民日报》学习中央精神，并及时将这些精神向居民宣讲。当时，我听了，内心不禁感慨万千：在机关办公室待得久了，我甚至还模模糊糊地以为，这份党报只有单位才可以订阅。原来，它竟然也可以由个人自费订阅！

相比李功福的事迹，杨习斌给我的感觉更是震撼。

那天，是个晴天。外面的一切，像被阳光涂了一层金色。杨习斌家中，这位91岁的老人驱动轮椅，靠近窗口，努力向外张望。

儿子杨广平走了过来，问父亲：“您是想出去晒太阳?”杨习斌点点头，再看看对面依靠金属支撑器站立的儿子，又摇了摇头。

杨广平叹口气，父亲原来的身体多么壮实呀，可是自从迈进90岁的门槛，父亲也坐上了轮椅，这和自己从小腿部残疾的情况是不同的。杨广平感觉，父亲的内心一定有诸多痛苦。

杨习斌却对杨广平报以微笑，嗫嚅着说：“想晒太阳，还不容易?”

杨广平笑得有些苦涩：“您说得没有错。”杨习斌住在一楼，与楼上的邻居相比，出入是最方便的。出了门，只要迈下三级台阶，就可以到达院子。然而，就是这三级台阶，把太阳光硬生生挡在了外面。

这时，杨习斌老人缓缓地说：“其实，我是想，好久没有理发了……”

父亲的眼里闪着有异于平日的光。杨广平想，难道，今天对父亲来说是个特别的日子?杨广平忙拨打电话，联系理发师。

双河社区营业性的理发店有三个。第一个店的老板说：“不能提供上门服务。”第二个店的老板说：“最近太忙。”第三个店的老板说：“您父亲年纪太大，怕出意外。”

杨广平放下电话，掩饰不住失落：“老爷子，当年您转战南北时，有没有想到过会有这么一天，就连晒太阳、理发也成了问题?”

杨习斌不正面回答儿子的问题，而是问："怎么不联系张书记？"

老人指的是小区管委会的党支部书记张树章。上次，老人的头发就是张书记带人来帮助理的。杨广平明白了，原来老人早已心中有数。

张书记一个电话招之即来。理完发，张书记又和老人的老伴、85岁的雷秀兰拉几句家常。他说："理了发，杨师傅看上去年轻了好几岁。"

张书记走后，老人问娘俩："知道我为什么要理发吗？"

杨广平摇摇头。他想，今天对老父亲来说肯定是一个特殊的日子。

老人继续说："知道今天是什么日子吗？我已经有了58年党龄了。"

杨广平心里一动，刚想开口说话，老人又接着说："当然，也不仅仅是因为今天是入党纪念日。"说完，他不再做声，开始凝神望着客厅里的电视。

电视里，正播放着一条新闻。杨广平恍然大悟：原来如此！

半小时后，双河社区举办的为雅安灾区捐款的活动上，杨广平摇着轮椅来到捐款箱旁，拿出一个纸包，郑重其事地说："我父亲杨习斌特别说明，这些，是他的特殊党费。"

杨广平回家时，一群青年志愿者坚持着跟随而来。大家一进家门，就开始打扫卫生。他们又将老人抬到院子里晒太阳。

休息时，志愿者要两位老人讲故事。雷秀兰一开口，自己先忍不住笑了，她说杨习斌当年在农场工作时，麦忙季节，天降暴雨，他带领大家昼夜抢收，累病倒在现场。“当时医院床位紧张，被安顿在妇产科。”

杨习斌老人面露微笑，指着青年志愿者帮忙晒在太阳下的被子，说：“晒过的被子有股阳光的味道。这阳光，是你们带来的。”

志愿者立即郑重地说：“不，杨爷爷，是您带来了今天的阳光。”

志愿者们又去忙了，太阳地里只留下杨习斌和杨广平。父亲拍了拍手中的《中国共产党章程》：“从总则开始读吧！别读错了。”杨广平说：“放心，我都会背了。”

读了一段，杨习斌问杨广平：“你写入党申请书了吗？”

杨广平问：“共产党员都是帮助别人的人，像我这样的情况，够条件入党吗？”

杨习斌老人没有说话，他仰起脸，去感受太阳的温暖。仿佛他的回答，就在那阳光里面。

过了一会儿，老人睁开眼，缓缓地说：“刚才，我恍惚中回到当年进军柴达木盆地的时候。一个无名高岭下，我大声喊，冲啊！前方就是我们石油工人的‘英雄岭’……”

五

在河南油田，我还认识了许多这样的人，他们都是生命中刻着“石油”两个字的人。我想，能认识这样一些人，倾听他们发自心灵的声音，真好！

最美好警嫂

孙青瑜

我“深扎”的单位是郑州市公安局长兴路分局，在这半年多的时间里，我结识了很多舍小家为大家的民警和家属，他们是和平时代冲在生活中的战士，为构建和谐安全的社会环境，做出了难以想象的牺牲，为人民的安保和生活铸就了一道牢不可破的防线。

在这两年多的时间里，我结识了很多民警，他们每天都很忙，吃住在所里，事无巨细，皆要一一认真处理，有甚者半个月还不能回家一次。

除了民警，我也认识不少幕后奉献的警嫂，像中国首届好警嫂代表马萱就在其中。

马萱是郑州市公安局长兴路分局民警孙义华的妻子，原在郑州四十四中教书。她很腼腆，圆脸大眼，一笑有两个酒窝，仔细看看，有点像电影演员胡蝶。

2001 年的一天，正在中国刑警学院读研的孙义华突然向家人宣布他有女朋友了。当时家人一听相当吃惊，因为这个“女朋友”不是别人，正是他们同村的一个邻居，也是孙义华妹妹的同学。因为十几年没有见过面，突然被如此隆重地提及，而且要成为未来的嫂子，一时间妹妹激动得有点不知所措，不但双手赞同，还凭着她的记忆对马萱的品性和长相赞不绝口，这引起了父母对马萱的好奇心，当即让儿子带她回来看一下。那时候马萱正在河南师范大学上学，并不是说来立即就能来的，直到一个月之后放暑假，才奉父命来到郑州“相亲”。

公公第一次见到马萱后，就拍板定案对女儿说：“如果你能找到这样的嫂子，是你上辈子修来的福分！”

或许公公是真懂面相的。

2006 年的一场简易的婚礼让“如果”成了真的。

那时候马萱已经到省城的一所中学当老师，因为学校离家远，只能每个星期天回来一趟，一家人还没亲热够呢，转眼又要回学校上班了。因为妹妹身体不好，没有工作，马萱怕她缺钱花，每个星期回来都要给妹妹几十块钱的零花钱。单位每每发了福利票，马萱也不舍得自己花，统统拿回来交给公婆，让他们去买衣服。

就这样两处生活了半年，转眼马萱要生孩子了，公公买了一套大房子，全家人才算真正生活在一起。

2013 年 7 月 26 日，公公突然因病离世，一家人如同天柱突塌，妹妹和婆婆皆因悲伤过度纷纷卧床不起，一直上学上班没有管过家务的马萱，一夜之间不得不扛起全部的家务。除了一日三餐和打扫楼上楼下近 300 平方米的卫生，还要照顾孩子、婆婆和妹妹。面对突如其来的家庭重负，无论是身体还是心理，马萱都有些力不从心，可她从来没说过。丈夫孙义华在公安系统工作，经常加班，无暇照顾家人。也就是在那一年，为了更好地照顾家人，马萱辞去了工作。

辞职，等于说马萱将十几年寒窗苦读的成绩归位于零，与很多没有考上大学的人一样，当起了光有苦劳、没有功劳的家庭主妇。

由于妹妹有先天性心脏病，动了手术后非但没好，反而更加重了病情，年纪轻轻，说病倒就病倒，还需家人为其端吃端喝。剧烈的病痛经常让妹妹彻夜难眠，所以她总是忍不住担心，不知道今天脱了鞋，她明天的命还能不能续得上。也正是这个原因，在妹妹的人生历程中，光"后事"不知道交代了多少次。再加上公公去世后，妹妹悲天号地哭了一年，病情突然加重，为了给妹妹治病，马萱接过公公的重任，又带着妹妹东奔西跑四处求医，天天奔波在医院和家之间，仍然没有给妹妹看好。万般无奈，马萱又托人找了一个名中医。

由于妹妹长年卧床，血气瘀滞，中医一把脉，脉象沉滞到让他吓了一跳，立即提议让妹妹住院。

可妹妹没有舍得，她知道朝医院里一躺，不朝里投五六千块钱，出不来。

常言说，能养千口不养药篓。看病续命就像一口无底深洞，吸着大把的票子朝里扔，仍然深不见底。妹妹和婆婆长年有病，尤其是妹妹的病情日益严重，钱大把大把花出去了，病却越治越重，病到烦躁的时候，她常常自暴自弃说"不看了，死了算了"，马萱每次听到这话，总会严厉地瞪妹妹，说就是卖房也要给她看好。

虽然妹妹一直不肯住院，可药还是要吃的，因为来自身体内部的病痛告诉妹妹，再不吃药，随时都会命断魂散！可吃药也不是每个人都能吃得起的，因为是名医，每次看病的挂号费将近 50 元，再加打的费和药钱，看一次病就要 1000 元出头。而且中医需要时常把脉调方，每次 50 元的挂号费最多换来十天的药。也就是说，一个月要看三次病，拿三次药，就是 3000 元钱。在妹妹病到生不如死、承受不了的时候，真想一死了之，跳楼自杀，用逃避的方式了结病痛。可年迈的婆婆和马萱每每听到这话，总是潸然泪下。

“爸刚走，如果你再走了，你让咱妈咋活？”马萱几近哀求地哭着问妹妹。

看着嫂嫂，看着年迈的婆婆，妹妹也禁不住自责，泪如泉涌……泪干之后，还得继续生活，继续强忍着病痛折磨朝前挣扎……可一个月 3000 元的中药，不但没有缓解她的病情，反而让她越病越重。有一天夜里，她身上大汗珠滚着小汗珠，像小绿豆和小黄米一颗接着一颗从汗腺里朝外拱，随后滚滚下坠，她两眼一黑，昏厥过去……

但是妹妹并不吭声，直到第二天早晨，才以说笑的方式给家人说夜里的惊险。马萱一听，顿时吓得双腿发软，强行让妹妹去住院。

在妹妹住院的日子里，由于丈夫孙义华工作繁忙，婆婆身体不好，皆是马萱日夜在医院陪护，给妹妹端吃端喝。同屋的病友起初以为这个日夜照顾妹妹的年轻女性是姐姐，当得知是嫂嫂时，无不唏嘘感叹：“真是一个难得的好嫂子！”

经过诊治，妹妹的病情很快得以好转，马萱脸上的担忧也舒展了不少，为了支持丈夫孙义华的工作，也让妹妹静心写作，出院回来，马萱依然一个人忙里忙外。在马萱对家人的无私奉献下，丈夫孙义华于 2011 年经过分析研判打掉盗窃汽车柴油团伙一个，刑事拘留犯罪嫌疑人 11 人，五年来亲自抓获网上逃犯 139 人，年年被评为先进个人，获评“一网一格”先进典型，并晋升为痕迹工程师。妹妹也带病坚持不懈地奋斗，每年都发表小说、散文、评论文章近百篇，并获得孙犁文学奖和 2014 年《莽原》文学奖，加入了中国作协。马萱看着丈夫和妹妹取得的成绩，欣喜地为他们一次次摆庆功宴。酒桌上，妹妹不由再次泪流满面，从来不喝酒的妹妹，举杯对马萱说："马萱，我和我哥一点一滴的成绩里都有你百分之八十的功劳！"马萱见状，愕然了一下，哈哈笑道："一家人说什么客气话。你们俩能干出成绩，我累死也值了！"

正是因为马萱的贤惠德高，于 2015 年 9 月被评为"中国好警嫂"，继而又入选"最美郑州人"。

在构建和谐的警民关系，推动社会安全，打击犯罪等方面，不仅民警们做着应有的贡献，他们的家属也在幕后为社会和谐做着鲜为人知的贡献。因为每一个案件的侦破过程中，不少警察都忙得"三过家门而不入"……家里家外，皆是他们的家属在辛苦支撑和付出着，为人民的安保工作铸就了一道牢不可破的后防，树起了一座座平凡而又高昂的巾帼英雄的丰碑……

消失的都市村庄

尚 攀

2000 年，我来到郑州定居。

在这 20 年的时间，我见证了郑州的变化。我看着很多高楼平地而起，看着很多道路修修补补，看着交通一日日愈加拥堵，也看着都市和村庄融为一体。在这漫长而又快速发展的几十年间，都市村庄的变化影响着生活在这里的人们，也影响着这座城市的面貌。

上大学的时候，学校旁边就是都市村庄，寒暑假和同学做兼职时，我们一起在那里租过房子，见识了不少形形色色的人，房东、小商贩、白领，还有像我一样的在校大学生。人总会对熟悉的事物产生感情，所以，我后来一直想写一部关于都市村庄的小说。本以为有了在都市村庄旁生活的经验，还曾数度住在那里，对都市村庄生活的书写该是件相对容易的事，但当我真正开始构思作品时，却有大量的难题排山倒海似的涌来了。

我虽然在郑州生活已 20 年，也曾接触过几个都市村庄，见识了里面的一些人，看见他们每日笑笑呵呵、出摊收摊、上班下班、在街边吃小吃……但我也清楚，自己所了解的这些，都只是浅层的表象。我并不真正了解他们真实的生存状态，不了解他们的生活方式，更不了解他们心之所想和内心的困境。

因此,第二次的“深入生活、扎根人民”主题实践活动,我选择了郑州市金水区的宋寨村。

我拿着介绍信,先与郑州市委宣传部文艺处取得联系,再去金水区委宣传部报到,与他们沟通之后,我便来到宋寨村村委会,在此“安营扎寨”,开始了我的又一次都市村庄生活。

村委会为我提供了不错的办公条件——在村委会为我安排了办公室。住宿则是我自己解决,与一个在此租房子的大学同学“同居”。

要想深入了解都市村庄,我必须吃住在这里,不仅要了解在这里租房子的房客,还要了解都市村庄里那些曾经是农民、如今成为城市居民的人。

我的这位大学同学,毕业后一直在郑州打拼。他每天上班,早出晚归。我则在都市村庄里四处走访,找一些年轻的房客聊天,接触一些无事可干的房东,有意地去观察他们,发现了以前不曾注意过的细节。

这期间,我也去了别的都市村庄,比如陈寨、张家村、岳寨、白庙等,对比它们的相同和不同之处。到了晚上或周末,我或是整理和记录白天搜集的资料和感受,或是约在都市村庄租房的朋友,与他们聚会喝酒,云天雾地闲侃,运动健身——这就是一个在城市打拼、居住在都市村庄的小人物的基本生活。

在和朋友接触的过程中,我了解了他们的焦虑和幸福,他们会为房租水电费发愁,为工作量大薪水少而不满,也会因为在球场上赢了而开心,为在外地的恋人而幸福满满,他们跟我讲他们的过去,也向我憧憬他们未来生活的样子。

在都市村庄租房子的房客很容易就能约到，但要接触由村民变成居民的房东们，还是需要下些功夫的。我便先从同学的房东开始。

同学的房东是个近50岁的男子，大肚，寸头，抽六七百块钱一条的软中华。在我看来，他整日清闲，除了吃喝拉撒，只一件事：打麻将。这样的一个人，每月有丰厚的收入（房租），应该是无忧无虑、乐享天年了。可俗话说，家家有本难念的经，经过我和房东的交谈，才知道他过得并非如我想象的那样幸福。房东有一儿一女，儿子年龄和我相仿，高中没上完就辍学了，这么多年来，一直无所事事，整日和村里的几个朋友厮混在一起，烟酒不离身，半夜不回家，还常常因打架被请去派出所“喝茶”，真是愁坏了房东。房东向我说起这些事的时候，叹了口气，摇了摇头，无奈地说，不管了，也管不了。

房东的女儿倒是学业有成，在英国留学，念研究生。从房东的表情和话语中不难看出，女儿是他的骄傲。可这骄傲也是有代价的——女儿在国外多年，习惯了国外的生活，她刚结婚不久的丈夫也是留学生。本来是很好的事情，但话到此处，房东的眼圈竟有些红了，因为他的女儿不回来了，她要在国外定居。房东点了一根烟，深吸了一口说，连结婚都没打招呼，指望不上了。

随着我在都市村庄生活的时间越久，走访的人物越多，我对都市村庄的了解越深，感触也就越多。回顾整个“深扎”的过程，我非常感恩能有这样一段生活经历，它成为我小说创作灵感的源泉。在这个过程中，我走访并结识了许多在都市村庄生活的人。都市村庄的本地人，既有着乡村人的朴实，又有着城市人与时俱进的思维和眼光。而借居在都市村庄的外地人，则更多地表现出一个外来者在城市打拼的慌张与不安。他们每一个人的精神世界都不一样。

如今，郑州的都市村庄被全部改建，这给村庄的人以及外来的打工者带来了前所未有的冲击。都市村庄的村民虽然没有以前那么多的自建房可以出租了，但他们新分到的住房除了自己住的，依然有能出租的，还得到了国家的补贴，成了真正的市民。而外来的打工者，则没有了经济实惠的住所，增加了生活的成本。

那些建筑凌乱、街道狭促，甚至有点脏乱差的都市村庄，就在我“深扎”结束的时候，永远地消失了。

我是个年轻作者，以前的作品大多数是对在校大学生或是刚大学毕业的年轻人的书写，而这次在宋寨的生活经历，让我的小说创作增加了广度。按照“深扎”主题实践活动所报的选题，我以都市村庄为背景，以遇到的一些典型人物为原型，创作了都市村庄系列中短篇小说，主要反映生活在都市村庄里的年轻人平凡生活中的喜怒哀乐，通过对城市中最平凡的小人物们最平凡的生活的书写，向读者呈现他们的生存环境和生存状态，呈现他们对爱情、亲情、友情、事业、生命的理解，呈现他们面对生活挫折时积极乐观的精神，从而让人们在残酷现实的都市生活里找到一丝温暖和希望。同时，也向读者描绘了一幅都市村庄的真实画卷。

小说大部分取材于平常的都市生活，截取其中一个极平常但具有典型意义的片段，再通过文学艺术的加工，反映出深刻的思想。

以前，身边的师长老是批评我的作品不够贴近生活，不接地气，浮于生活之上。这次的生活经历和创作经历，让我更加深入地认识到了“深入生活、扎根人民”对于文学创作的重要性。作家要想写出伟大的作品，就要到生活中去。只有这样，才能肩负起文学的责任和使命，写出的作品才能无愧于读者和时代，无愧于自己。

“深扎”偶遇记

段舒航

走出民俗画家村时，已是黄昏时分。村路上行人寥寥，田野间雾霭沉沉。偶尔会有一股寒风袭来，给人一种坚硬的冰冷。我一路奔跑，气喘如牛，想要赶上最后那班通往市区的公交车。

但我还是迟到了。眼看着那辆公交车在我前方的公路上停下来，然后又绝尘西去，我却只能在心里面暗暗叫苦。家在市区，而我“深扎”的这个地方，却是地道的郊区农村。来回将近 60 里地，所幸每天都有一班公交车通往这里。可是此刻呢，天黑了，公交车也没了，我不知道我该怎样才能回到市区。背着挎包，独自徘徊在冷清的公路边上，内心深处一片茫然，但我仍在顽强等待，哪怕只有一辆顺路的卡车，或者只有一辆顺路的摩托车也好。

这是一条僻静的乡村公路，一到天黑几乎就不看见车辆和行人。尤其在这样一个冬天的夜晚，大地一片沉寂，路灯的光芒像被黑暗稀释了似的变得苍白无力。我想重新回到画家村去，可是于我而言，此刻的画家村也已消匿在了天寒地冻的黑暗深处。我宁可沿着公路一边步行，一边心存侥幸，说不定还有可能搭上一辆回城的车子。我想试试我的运气，于是便下了决心不再站在路边傻等，而是迈开双腿，鼓足勇气，沿着这条漫长的乡村公路,开始了我的回城之行。

夜色苍茫,公路两旁的田野上看不到一点灯光。北风骤起,高大的白杨树发出呜呜怪响。我像一个夜游者寂然前行,更像一只孤独的小船,正顽强地从此岸划向彼岸。惨淡灯光下的乡村公路,像是一条冻僵了身体的黑色巨蟒,匍匐在我的脚下,时刻为我制造着危机四伏的凶恶假象。掏出手机看看,已经将近9点,长路漫漫,长夜漫漫,恐惧像是一条毒蛇缠满了我的身体。我开始后悔,后悔自己不该头脑发热,心血来潮。然而事已至此,后悔又有什么用呢?挎包越来越重,两腿举步维艰。忧心如焚,望眼欲穿,希望渐渐渺茫,失望逼近绝望,记忆的荧光屏上倏然之间闪出两个书名:《寒冬夜行人》和《看不见的城市》。此情此景,这两个书名不正是此刻自我境况的真实写照吗?世界如此魔幻,充满了无穷变数。生命无常,世事难料,一切都无法预测,一切都难以把握。6点以前的我,还在民俗画家村里高谈阔论,谈笑风生,9点以后的我,却孑然一身挣扎在这月黑风高的乡村公路。忽然想起年少时代曾经做过的那个噩梦,梦中的场景,正是这样充满绝望的黑夜独行。饥饿、寒冷、孤独、恐惧,少年的我、中年的我,宿命的安排,宿命的人生。无边的暗夜裹挟并摧毁着我,让我深刻感受到了自我的渺小乃至虚弱。我黯然神伤,不无悲观地想起这样一句话来:我是午夜的孩子,我在时间的黑夜中流浪……

前方很远的地方,忽然传来汽车发动机的声音。两道强烈的车灯光柱,倏忽从我脸上一扫而过。远远地,一辆汽车低速慢行,摇曳着橙黄的灯光迎面向我而来。我停下脚步,睁大眼睛想要看清来车的模样。汽车越来越近,当我终于看清车里那个闪亮的“空车”二字的小牌子时,狂喜的心情无以言表。

我把双手举过头顶使劲挥舞，接着便不顾一切地扑过去站立在了公路中间。那是一辆红色的出租汽车，它款款而至，恰似一只救命之船。司机师傅按响了喇叭，然后从车窗里面探出头来，是个女人，大概40岁。她看了看我，大声说："下班了，不拉了，我这是在回我自己的家。"说完就又把头缩回车里，同时冲我再次按响了喇叭。我指着那个"空车"牌子，心里急速寻找着可以使她为我掉回车头的理由。女司机见我仍然站在那里一动不动，只好又从车窗里面把头伸了出来。她的声音还是很大，故意似的，想必是在为她自己壮胆："你没看见吗？咱俩的方向是反着的，我这空车是捎带顺路坐车的。"我说："师傅，麻烦你送我一趟吧，家里水管突然爆了，到处是水，刚才物业打来电话，说我楼下那个邻居都急得快要疯了。我老婆这几天出差在外，要不这个时候，我也不会火烧火燎地着急着往家里赶。"女司机"哦"了一声，问我家住在市区哪里，我说就在白河大道中段那个河滨小区。她又"哦"了一声，然后稍作停顿，大声说："好吧，你往路边一点儿，让我把车掉过头来。"我一边说着谢谢师傅，一边迎着出租车跑了过去，然后拉开车门，坐入副驾，连声说着谢谢，又迅速掏出一百块钱递了过去。她没接钱，只是十分谨慎地看我一眼，然后说："看把你给吓的，既然答应了你，我就不会把你扔在路上。"车内开着空调，令我顿感温暖。我充满感激地看她一眼，说："师傅你真是太好了！到了市区必须请你吃饭。"她笑了，说："吃啥饭呀，你家不是正在发大水吗？抗洪救灾肯定比吃饭重要。"我也笑了，她的幽默和微笑让我感觉如沐春风。仔细看她一眼，高鼻梁，大眼睛，瘦瘦的脸庞，薄薄的嘴唇，神情略显疲惫，嘴角上的笑意却显得十分生动。她开动了汽车，然后按下了收费计价器。我又把钱递了过去，说：“不用计价了，你这样帮我，我心里已经感激不尽。”说心里话，当下这个情况，她就是要我三百块钱，我也会毫不迟疑地把钱给她。这段路程我心里自然也是有数，来回只要六七十元。她没接钱，目光平视前方，笑着说：“钱你拿着，等会儿到了市区，该是多少就收你多少。我不是黑出租，坑蒙拐骗偷，这辈子坚决不干。”我的心里微微一震，为自己刚才的撒谎暗暗感到脸红。车灯的光芒将前方的黑夜一劈两半，左边是黑暗，右边也是黑暗，稳稳坐在她的旁边，我感觉我的周身春天一般温暖。

我想跟她聊天，因为心情实在太好。刚想开口说话，却又忽然想起上车前的那句谎言。家里都水漫金山了，还有心情找人聊天？于是我又故作深沉起来，尽量使自己保持一种严肃的表情。为了不露破绽，我又打开了手机，假装点点看看，随手把手机调成了静音。就在这个时候，她的手机响了，车上带有扩音设备，可以清晰听到对方的声音：“妈，你咋还没到家呢？小宝的手已经抹过药了，烫了两个大泡，明晃晃的，我看着都害怕。”“知道了宝贝，你给小宝洗洗脚哄他睡觉，稍晚会儿妈就到家了。”“嗯，饭在锅里盖着，等会儿我再给你热热。妈你注意安全，千万小心一点儿。”“好的宝贝，妈记着呢。”那边挂了电话，这边轻轻一声长叹。我说：“你闺女可真懂事儿，知道心疼爸妈了。”她说：“是啊，每天都这样，我不到家她就不睡。还不到16岁呢，家里地里啥活都能帮我干了。秋天抢收花生那些天，把她累得住了一个星期医院，心疼得我狠狠哭了一场。闺女出院不久，我就把那几亩破地转租给了别人。后来她知道了，气得饭也不吃，还冲我发了一顿脾气，说我以前享福享出毛病来了，不会精打细算过日子。唉，穷人的孩子早当家呀!”我哈哈一乐,说:“穷人?你还是穷人?谁见过能买得起出租车的穷人呢?”她扭头看我一眼,笑了笑说:“是呀,那我该咋说呢?苦命人?”我说:“你咋能是苦命人呢,跟你说句玩笑话,你这就叫装穷卖苦,欺骗政府;政府一来查访,家里黄金万两。”她哈哈笑了起来,说:“你就是咱政府的人吧,这么晚了,还在这荒郊野外战天斗地?”我被她的笑声感染,心里越发对她有了好感。我说:“对呀,中央号召我们深入生活、扎根人民,没想到会被你这个伟大善良的人救了一命。”她又笑了起来,说:“伟大当不了,只敢当善良。只是很可惜,有人正在忽悠我的善良。”她的话让我顿感脸红,只好连忙向她道歉。我说:“真是不好意思,刚才确实是在跟你撒谎。没看到你的车子之前,我的心里怕得要命。这条公路,白天倒是没啥感觉,夜里一个人走,越走越害怕,越走路越长,像是没了尽头似的。”她说:“没啥不好意思的,我能理解你的心情。其实你一上车,很快我就断定你是在忽悠我。我发现你把手机调成了静音,单凭这个,我就知道你家里肯定没闹水灾,你说对不对?”我说:“是的,我当时特别害怕你不拉我,又怕万一被你识破,你会坚决赶我下车。那会儿又冷又累又害怕,完全被这夜路给吓破胆了。”她又咯咯笑了起来,说:“你们城里人哪里走过这样的夜路。早些年我们这里很穷,我老公那时就在市区打工。年轻力壮,胆子也大,他有几次都是一个人摸黑走回家的。现在好歹还有路灯照明,那时候可是伸手不见五指,抬头不见月牙。有天夜里我老公又从城里回家,结果被一个白衣白裤子的人飘飘忽忽跟了七八里路。我老公站住,那白衣白裤也站住,我老公继续往前走,那白衣白裤就也跟着往前走。听不到那人的脚步声,就那样轻飘飘的,一直跟在我老公身后几十米的地方,吓得我老公从那以后再也不敢走夜路了。这些年日子好了,政府拨款重新修建了这条公路。以前遇上连阴雨天,马路上那些大坑小洼里都能养鱼,除了泥巴就是水,深一脚浅一脚的,根本没法走人。话说回来,人这一辈子,谁能不遇到几个沟沟坎坎,你说是吧?”她的话让我很受感动,这样一种豁达善良的人生态度,不由令我对她肃然起敬。我说:“谢谢你能这么理解我,你可真是一个大大的好人。”她笑了,说:“你可不要再夸我是什么好人了。没听人家说嘛,好人不长命,老天爷只要让我好好活着挣钱养儿育女,这辈子我也就心满意足了。”我说:“那是一定的,你这么善良,将来肯定福禄双全,长命百岁。”迎面过来一辆卡车,司机在很远的地方就冲我们按响了喇叭。她降低车速,慢慢把车停靠在了公路边上,说:“看到了吧,你这政府的人,可要好好替老百姓向上边汇报一下,这些乡村公路好是好,就是修得太窄了。国家拨了那么多钱,都被那些偷工减料的装到自己腰包里去了。”我说:“确实可恶得很,反腐力度已经够大的了,不知为啥他们还有那么大的胆子。”卡车从我们身边轰然而过,她重新把车开到了公路中间,轻轻咳嗽一声,问我:“你是做啥工作的?我看你不像是政府里面的人。”我说:“我不是政府的人,我就一写东西的。响应党的号召,今年在民俗画家村体验生活。”她“哦”了一声,说:“你是作家?”我说:“就算是吧,一个小得不能再小的小作家。”她扭过头来向我伸出了拇指,笑着说:“别谦虚,我为你点赞!上学的时候我也特别喜欢读书。有时候读着读着还会被书里的人物感动,一个人把头蒙在被窝里,哭得跟个泪人似的。后来考取镇上高中以后,我就再没读过什么书了,整天就只顾忙着读我老公写给我的情书了。”我笑了起来,问她:“你俩是自由恋爱?"她说:"对呀,我在一班,他在二班,我俩算是一见钟情。我老公很聪明,人品好,学习好,模样也好,就是家里条件太差。他父母去世得早,哥嫂一家供他读书。如果不是他嫂子强行阻拦,我老公肯定能够考上大学。他哥怕老婆,读到高二下期就死活不让他读了,逼着他去城里的建筑工地上当小工,他累死累活最后累成了肺结核,治了一年多才算治好。和我老公谈恋爱,我父母不同意,嫌我老公太穷,为这我跟家里没少吵架,有一次吵得太厉害,我父亲就动手打了我。一气之下我就退了学,跑到城里找我老公。到了他干活的工地上,看见他我就哭了起来。我老公把我带到河边柳树下,我们俩搂抱在一起哭了很久。就在那棵柳树下面,我们立下了海誓山盟,发誓要彼此忠诚,白头偕老,好好活出一个样子给他们看看。我和老公是住在一起两年以后才结的婚,村里不少人都骂我未婚同居,臭不要脸。我才不管那些呢,日子是自己的,只要我们俩真心相爱就行。"我说:"你可真棒,为了爱情敢于不顾一切。那后来呢?你老公是不是一直都对你挺好的?"她说:"那当然了,我觉得我老公就是天底下最好的那种男人。那时候我在一家服装店打工,除了上班,回到家里他啥也不让我干。我老公吃苦耐劳,心灵手巧,是家里家外的一把好手,工作好,炒菜做饭也特别好吃。只要他在家,就不许我下厨房。闺女出生以前,我们俩是租房住,其实那时候我老公已经当上了项目经理;生了闺女以后,我们就在城区街心花园那里买了房子。闺女长到10岁,我又生了儿子。有了儿子以后,我就没法再上班了。我老公一天到晚很忙,可他又怕把我给累着,都没跟我商量,有一天他就领着一个中年保姆回了家里。除了两个孩子,洗衣做饭打扫卫生这些家务全都归了他和保姆。我爹我妈都夸我好眼力，说我们兄弟姐妹六个，就数我最有福气。”我说：“你老公是个真爷们，幸亏当年你没有向父母屈服。”她没说话，像是忽然想起什么似的，嘴里面轻轻“唔”了一声，接着她把右手从方向盘那里收回来，伸进衣兜里摸了摸，然后又扭头看了一眼她的茶杯，笑笑说：“光顾着跟你聊天，药都忘了吃了。”

穿过一座大桥，她的手机响了。打开扩音器，依然是她女儿的声音：“妈，你到哪里了，怎么还没到家？”“过会儿妈就到家，你先睡吧。”“小宝刚才醒了，哭着喊疼，我又哄他睡了。”“你再给他抹点药，明天就会好的。”“妈你快点回来，我在等着你呢。”“好的宝贝，一会儿妈就到家。天冷，你先躺进被窝里去。”女儿挂了电话，她的口中又是一声叹息，说：“唉，你看我这闺女，天天都在为我操心。咋说她都不听，一到天黑，她就带着弟弟在村口那里等我。”我说：“你在城区不是有房子吗？为啥又要搬回农村去住？你老公呢？你老公不是挺能干的吗？开出租车又苦又累又不安全，你老公咋能忍心让你干这个呢？其实刚才我就想问你了，只是怕你不高兴，所以一直忍着没敢问你。”她微微一笑，说：“问啥都可以呀，没啥不能说的。其实也很简单，半年前我老公出了点事儿，出了远门，我们娘儿仨这就搬回村里住了。”我“哦”了一声，以为肯定是她老公出了经济问题，然后跑路去了外地，于是就说：“事情大不大？总在外面躲着终究也不是个办法。”她说：“没事儿，就是太累了，出趟远门在那里歇歇。”出于对她的感激，我想为她打抱不平，就说：“你老公也真是的，没事的时候，一切都好，出了事情，就把老婆孩子扔在家里，自己一个人跑了。我咋感觉你老公这个人其实挺自私的，你说是不是？”她没说话，忽然扭过头来，狠狠瞪我一眼，说："你这人咋这样说话呢？我老公咋就自私了？刚才不是跟你说了吗，谁能没个沟沟坎坎？"我看她是真的生了气了，急忙赔着笑脸说："对不起，是我把话给说重了。刚才你都说了，你老公是天底下最好的男人，我也认为他是。"她没搭理我，满脸不高兴地使劲按响了汽车喇叭。借着车灯反射的光芒，我忽然看到她的面颊上，不知什么时候已经有了点点泪光。

车进市区，低速行驶一段，然后停靠在了马路边上。她抬起两手抹了把脸，扭过头来对我说道："这个地方出租车很多，我就不再把你送到家了。儿子被开水烫了，这一路上我还揪着心呢。"我急忙从兜里掏出钱来递给她，然后一边打开车门，一边连声对她说着谢谢。她把六十块钱从车窗里递出来，说："这是找你的，该是多少就收多少。"我急忙离她伸出的手更远一点儿，说："找啥钱呀，你这样送我，我都不知道该怎么谢你才好。"她说："快点吧大哥，再不接着我就把钱给你扔地上了。"说完她就发动了汽车，我只好走过去把钱接了。趁她还没掉转车头，我从挎包里迅速掏出一条小苏烟来，放进副驾驶座，说："你把这烟收下，等你老公回来拿给他用。"她立刻抓起那条烟扔了出来，大声说："出远门了，再也不回来了。不是经济问题，是他遭遇了车祸。"还没等我反应过来，出租车便"呼"地一下蹿了出去。她掉回车头，取正方向，向我摆了摆手，然后便加大油门迅速向着来路驶去。眨眼工夫，出租车便拖着一溜烟雾，消失在了公路拐弯的地方。